ファン文庫

路地裏わがまま眼鏡店

メガネ男子のおもてなし

著　相戸結衣

マイナビ出版

Contents

第1章

悪いな、うちは
わがままな眼鏡店なんだ

三連休なんて都市伝説だと思っていた。

新年度が始まってからの約半年、まとまった休みが取れたのは、ゴールデンウィークとお盆と……あとはいつだっただろう。

暦《こよみ》の上では、振替休日を合わせた連休がいくつもあったような気がする。テレビでも、「この三連休は——」と気象予報士が何度も言っていた。

そのたびに「世間さまは休みなのか」と妬《ねた》ましく思いながら、朝食を食べ、身支度をし、休日返上で仕事に明け暮れていた。生きていくための銭《ぜに》を稼ぐには、とにかく地道に働くしかない。

遮光《しゃこう》カーテンの隙間から、白く細長い光がこぼれてくる。

まぶしい。真っ暗なステージの上で、スポットライトに当てられているみたいだ。

いや、そんな華やかなものではないな。サーチライトのようなギラつく光が、ピンポイントで顔にぶつかってくる。

浦田志乃《うらたしの》は布団を頭の上まで引きあげた。右手だけを外に伸ばし、メガネと並べて枕もとに置いてあったスマートフォンを引き寄せる。

目を細めて画面を確かめてみると、いつもと同じ起床時刻だった。

もったいない。志乃はもう一度目をつぶる。せっかくの三連休なのだし、のんびり過ごして日ごろの疲れをリセットしたい。

意地でも寝てやる。じゃないと死ぬ。枯れる。

打った蕎麦《そば》は、切ってゆでる前に寝かさなきゃならない。カレーだって、ひと晩寝かせたほうがおいしくなる。

二十四歳。これから大輪の花が咲くかは微妙だが、黙って枯れるわけにはいかない。やわらかな布団に埋もれ、休み明けからふたたび始まる困難に備えて、ひたすら気力を蓄えたい。

志乃が勤めているのは、本州北部の県庁所在地にある文具メーカーだ。全国展開するほど名の知れたところではないが、イベントの景品やPR用品などの依頼も多く、コンスタントな仕事と給与が得られるという、それなりに優良な企業である。

志乃の世代は、いわゆる〝ゆとり〟と呼ばれていた。生まれたときにはすでにバブルが崩壊していて、日本経済は下降の一途をたどるばかりだった。

ただ、少子化のせいもあり、祖父母を含めた家族には大事にされた。お年玉の総額はちょっとしたものだったし、誕生日やクリスマスには希望のものがほとんど手に入った。ほどほどに都会。ほどほどに田舎。

三世帯同居もめずらしくない地域で、周りには「受験！」「競争！」と目を吊りあげて子供を叱咤《しった》する母親のほうが少数だったような気がする。

中には東大レベルの大学に進学するような同級生もいたが、友人のほとんどはきつい受験戦争に巻きこまれることなく「いましかできないことを楽しもうではないか」と青春を謳歌《おうか》していた。

高校を卒業したあとは、「いまの時代、女だって大学くらい出なきゃね」と、両親が首都圏にある四年制大学に行かせてくれた。もし志乃に兄か弟でもいれば、そうはいかなかっただろうが、一人娘に両親は甘かった。

東京に出た志乃は、友達の影響でロックバンドにはまり、親の仕送りに頼りながらライブハウスで跳びはねるという大学生活を送った。

メンバーの生写真に大枚をはたき、髪を同じ色に染め、魔女みたいな長い爪をギラギラと飾りたて、会場で目立つように、着ているものにはすべてスパンコールをつけた。

一般人の彼氏が欲しくないわけではなかったが、少々個性的な姿をした志乃に近づいてくるような良識的な男子は皆無だった。

それでもよかった。ステージの上でギターをかき鳴らしながら歌う推しメンの彼は、メガネをかけた姿が知的で、それに比べたら世の男なんか平々凡々すぎた。

ほどなくして、「事態は収束しました」と宣言されたかのように、突然みんな熱気を忘れて日常へと戻っていった。就職活動が始まったのだ。

――あの熱病みたいな現象は、いったいなんだったのだろう。

髪の毛を赤だの金だのに染めて熱帯魚のような格好をしていた友人らは、本来の黒髪に戻してリクルートスーツに身を包んだ。

学食でも、難しいビジネス用語が飛び交うようになった。

志乃も慌てて就職支援サイトにエントリーなどしてみたが、お花畑から飛び出してみれば、世の中にはブリザードが吹き荒れていた。

不採用。採用見送り。貴意に沿えかねる。

無機質に書かれた、バラエティ豊かで残酷な言葉の数々。労働の対価としてそれなりの報酬が得られるような企業には、なんの資格もない三流大学卒の女子が滑りこめる余地などなかった。

アリとキリギリス。あの童話に描かれていたのは、いまの時代の若者に対する教訓だったのだと思う。

そんな就職氷河期の真っただ中、契約社員とはいえ、まっとうな会社の事務職に就けたのはラッキーだった。父親の同級生が文具メーカーの人事部長をしており、「部長、うちにいい子がおりますぜ」とかなんとか言って、父がうまく売りこんでくれたのだ。

そういうわけで、実家に舞い戻り、ぬるま湯に片足を突っ込みつつ、志乃はいっぱしの社会人として世に出ることになった。

コネで入社したとはいえ、待遇に差があるわけではない。資格も経験もない志乃は、愚直に量をこなしていくしかなかった。

納期が迫れば休み返上で出勤しなくてはならないのだが（というより、いつだって納期に迫られているので人手不足だ）、仕事の内容は比較的単調な事務作業だった。

お茶くみ、コピー取り、弁当の買い出し、手紙の投函。

『○○記念』といった印字入りの文房具の箱詰めなどは、アルバイトの学生やパートのおばちゃんたちと一緒になって機械のごとく黙々と手を動かした。

退屈で拘束時間は長いけれど、責任もなく、気楽といえば気楽な仕事だ。それに、ごくたまにでも、こんなふうに〝連休〟という贅沢《ぜいたく》を味わえるのだ。文句を言っては体に鞭《むち》打って働く企業戦士の皆さまに申し訳ない。

四年制の大学まで出てなにをやっているんだと思うことも、そりゃあ、たまにはある。けれど、志乃は悟っていた。頑張った者が成功するなんてきれいごとは、大人が作った方便でしかないということを。

周りの正社員から腰掛けＯＬという認識をもたれているなら、それなりの仕事さえしていればいい。言われたことをやっていれば、福利厚生つきの好待遇を受けられる。

いまは実家から通っているから、生活面に関してはかなり楽だ。多少の生活費は入れているけれど、食事は勝手に出てくるし、服は自動的に洗濯されてくるし、ときには未払いの請求書も見かねた親が処理してくれることもある。

大学時代のような自由さはない。仕事にやりがいも感じない。つきあっている男もいない。でも、人生ってそんなものじゃないか。

ガツガツするのなんてクールじゃない。

強い者が這《は》いあがる時代なんか、もう終わった。生き残ることができれば勝ち組、転落すれば負け組である。

長いものには巻かれろ。強いものに媚《こ》びろ。小言は受け流せ。そうすれば、かろうじて現状キープくらいはできる。

ゆとり世代。またの名を、さとり世代ともいう。

無駄なことを嫌い、低燃費をよしとする、夢と希望をあきらめてしまったコミュニティ。世の中の激流で生きていかねばならないのなら、力を入れずに流れに身を任せたほうが賢いというものだ。

「あなたは会社に遊びにきているわけ？」

連休前の金曜日のことだった。頼まれたコピーをホチキスどめし、会議室に持っていく途中の廊下で、志乃は唐突にそんなことを言われた。

女性にしては、低くて張りのある声。

ああ、またか。

資料の束を抱えながら首だけを横に向けると、案の定、プロダクトデザイナーの浜地《はまち》莉々子《りりこ》がそこにいた。企画デザイン課の彼女は、グラフィックだけでなく、商品の形状そのものをデザインしている。事務全般の補助をしている志乃は、彼女の依頼を受けることも多い。

浜地は芸術工科大学で研究員として働いていたのだが、ヘッドハンティングされて四月からここにやってきた。巻かれるべき長いものの筆頭、会社の主戦力だ。

「べつに遊んでいるつもりはありませんが、そんなふうに見えていたのならすみません。なにせ、ゆとり世代なもんで」

パワハラともモラハラとも受け取れる浜地の攻撃は、なぜか志乃に集中していた。事あるごとに「浦田さん！」と目を吊り上げてくる。

志乃は、みずから率先して動くタイプではない。それでも、やるべきことはきちんとやっている。おまけに責任のない、ただの契約社員なのだ。

もしかしたら、若さへの嫉妬《しっと》というやつだろうか。

だいたい、女というのは同性にはやたらと厳しい。マタニティ・ハラスメントの加害者も、子育てを経験した女性の割合のほうが多いと聞く。女の敵は女、というやつなのだろう。これぞ、ザ・さとりマインド。

「そういう開き直りはゆとり世代の専売特許？　なんでもかんでも時代のせいにするんじゃないわよ」

必殺受け流しは浜地に通用しなかった。言葉尻をとらえての反撃で、クリティカルなダメージを受ける。

浜地のクレームは「ホチキスのとめ方が雑」という、ただそれだけのことだった。たまたまいちばん上になっていた資料が、失敗した針の穴がちょっと目立つものだったのだ。

「すみません、やり直します」と素直に謝ればよかったのだが、ついつい「たったこれだけで？」と思ったのが顔に出てしまったらしい。

浜地が能面のように表情を消した。「しまった」と思ったが、あとの祭りだ。

企画デザイン課は、納期が迫ってこのところ残業続きだった。イライラモードの浜地の地雷を、志乃はうっかり踏んでしまったらしい。

「あんた自身が雑な生き方をしているから、仕事も雑なのよ」

志乃は唇を噛《か》んだ。ホチキスの針ひとつで、ここまで言われる筋合いはあるのか？ストレスのはけ口にされるのも、若いＯＬの仕事なのか？

小さなミスを見つけては、浜地は志乃をチクチクといたぶる。気に食わないなら無視してくれたらいいのに。

「些細《ささい》な部分でも手を抜かれると、会社の仕事自体が雑だと思われるわけ。正社員とか契約社員とか関係ないの。あなたの評価が会社の評価に直結することもある。わかった？」

「はい」

そこは素直に認めておこう。言っていることは正論だし、これ以上ネチネチいびられるのは勘弁だ。

「あとはその格好、いい加減なんとかしなさい。毒々しい色のスカートを見てると、こっちまで胸やけしてくるのよ」

吐き捨てるように言って、浜地は会議室の扉を乱暴に開けて中に入っていった。

ホチキスどめの雑さには文句を言うのに、自分の乱暴な態度や暴言まがいの部下への注意は許されるのか？

　おまけに服装のことまでごちゃごちゃとうるさい。もしもこれが男性社員の言葉なら、セクハラもいいところだ。

　志乃は自分のロングスカートを見下ろす。アフリカンテイストで、原色の黄色に紫と緑の花模様が描かれている。自分ではおしゃれだと思っていた。

　指定のジャケットは着ているのだし、髪だって黒いショートボブだ。メガネも、知的に見える銀縁をかけている。机の下に隠れるのだから、スカートなんて多少派手でも問題ないだろうに。

　ほんとうに肩が凝る。ここ最近悩まされている片頭痛は、十中八九、浜地のいびりのせいだろう。

　見てろよ、浜地。そのうち、パワハラか労災で訴えてやる。

　志乃は誰もいない廊下で、シュッと鉄拳を繰り出す。

　そんなふうに心の中では何度も制裁を加えている自分だが、現実にはなにもできない弱者だった。


　三十分もすると、いつまでも布団の中で丸くなっている一人娘に業《ごう》を煮やした母親が叩き起こしに来た。

「お日さまがもったいないでしょう。今日はお義姉さんたちが来るから、あんたもちゃんとしておきなさいね」

うへえ、あの面倒な人たちが来るのか。

バブル時代にバリバリ働いてきた伯母は、大学まで出たくせに契約社員なんかで妥協している志乃のことを、ろくに就職活動もせず親のすねをかじっているロクデナシだといつも罵《のの》しる。

「私なんか仕事も家庭も育児も親に頼らず、ひとりでこなしたんだから」

外食三昧《ざんまい》だった身でなにを言う。それに育児と仕事の両立といったって、「うちで預かってあげるから」という義理の両親の申し出を蹴《け》り、生まれて間もない赤ん坊を保育園に預けていたというではないか。

自分のことは棚に上げて、人のことをとやかく責める。遠慮を知らない身内がいちばん厄介だ。

けれど、自分だって愚痴半分のお小言をわざわざ聞いてあげるようなお人よしではない。ここは伯母が来る前に逃亡したほうが賢明だろう。

「買い物してくるわ。上司から、ちゃんとした服を着てこいって言われてるんだよね」

「確かに、そうしたほうがいいね。あんたの格好、会社に行くとは思えないようなのばっかりだから」

「うるさいなー。いわゆる青文字系ってやつなんだよ？　個性派ファッションのどこが悪いのよー」

「TPOをわきまえなさいって話」

母親までなんなのだ。

会社に行けば、上には事務服のジャケットを着るんだし、さすがにジーンズをはくような真似はしていない。ちょっと派手な柄のプリントスカートの、どこが悪い。

でもまあ、会社でひとりだけ浮いているという自覚はある。

浜地に言われたからそうしたと思われるのは癪《しゃく》だったが、スカート一枚でイヤミ女の目をそらすことができるのなら、手は打っておいたほうがいいかもしれない。それに、ストレス解消には買い物がいちばんだ。

オジサンばかりの職場のせいで、身だしなみに対する気合度は右肩下がりで落ちていた。化粧品もドラッグストアの安物だし、最近はカラーリングだってしていない。さすがにこれでは、女を捨てすぎているというものだろう。

一度たがはずれたら歯止めがきかないような気がして、買い物は極力避けていた。けれど、我慢しすぎて自分がぶっ壊れるよりはマシだ。

「今日は散財してやる！」

志乃は布団から飛び出し、カーテンを全開にしてまぶしい光を浴びた。

志乃が暮らす東普那《ひがしふな》町は、七〇年代に開発された古い住宅街だ。一応〝ニュータウン〟という名称はつけられているのだが、いまとなっては響きがむなしいため、誰もそんなふうに呼んでいない。

　鉄道南北線が開通するずっと前から存在し、二〇一〇年に新しく西木小井駅ができるまで、住民はバスで一時間半かけて市の中心街に出なければならなかった。

　大学を出て実家に戻ってきたときは、なんてつまらない場所なのかと思った。子供のころはどの家も大きくてぴかぴかに見えた。なのに、建物も住んでいる人もずいぶん古びてしまった。変わらない町。変わらない人。それがたまらなく嫌になるときがある。

　たまには人の多いところに出てみようか。

　志乃は高台にある自宅から、西木小井《にしきごい》駅に向かって歩きだした。通勤ルートと同じはずなのに、三連休というプレミアム感があるせいか、空が青く輝いて見える。

　ところが家を出て十分。玄関先の掃除をしていた同級生の母親に声をかけられ、平和な気分がしぼんだ。

「志乃ちゃん、久しぶりね。今日は休み？　たまには遊びにきなさいね」

「……はい」

　ぺこりと頭を下げ、最低限の挨拶をして、志乃は足早にその場を去る。

　子供のころと同じように接してくる近所の人たち。悪い人ではないのだけれど、志乃はいつも、澱《おり》のように重苦しい気持ちに足を絡めとられて窒息しそうになる。

　――いまはどこに勤めてるの？

　――うちの子、今度結婚することになってね。

——お父さんとお母さんに心配かけちゃだめよ。

——毎月第三日曜日に町内会で清掃活動があるから、あなたも来なさいね。

うるさい、うるさい、うるさい。お願いだから私に干渉しないで。

狭いコミュニティから逃げ出したい。浦田志乃という古くさい名前を捨てたい。

両親も、もう少しいまどきの名前をつけてくれたらよかったのに。しかも、ウラタ。表と裏なら、裏は陰だ。


線路を西側に越えると、隣の西木小井地区に出る。駅の表側に広がるきれいな街だ。数年前に区画整理がされたばかりで、緑豊かな公園やお家《うち》カフェなどもあり、東普那町と比べたら、半世紀分ほど洗練されている。

じつは西木小井町は、もともとは『東普那町』だった。西木小井駅ができ、線路を挟んで西側だけが、〝駅前商店街〟として開発された。

そして地名も『西木小井町』に変わった。文字どおり、〝フナ〟から〝ニシキゴイ〟に進化したのである。いまも残る『東普那町』の住民は、選ばれなかった側の人間だ。

マウンテンバイクに乗った高校生が、ふわっと髪をなびかせながら通り過ぎていく。絵に描いたようなさわやかさはなんなのだ？　ＣＭ用に隠し撮りでもしているのか？

私もこっち側の人間になりたかった。線路をひとつ越えただけで、東普那と西木小井では、小石とダイヤモンドくらい街も人も輝きが違う。

せめて、いまだけでも優雅な気分を味わいたい。西木小井の人間だと思われたい。そんなことを考えながら、志乃は顔を上げ、口を一文字に結んで歩道を歩く。

なんとなく、メインストリートから一本裏を通ってみた。すると、街はまた少し表情を変えた。昔ながらの古くて味わいのある建物と、大きな新しい家とが混在している。

ふと志乃は、庭木に埋もれた目立たない場所に、店の看板らしきものが掲げられていることに気がついた。

『眼鏡店Granz《グランツ》』

聞いたことのない店名だ。チェーン展開している眼鏡店ではなく、個人で経営しているセレクトショップなのだろうか。

アンティーク風な煉瓦《れんが》造りの外観。壁には三角屋根に届くほど、蔦《つた》がびっしりと絡んでいる。まるで絵本に出てくる魔法使いの家みたいだ。

ステンドグラスがはめられた木の扉。右側には丸く張り出したショーウインドウがあり、宝石のようなメガネがいくつもディスプレイされている。左側は石畳の敷かれたテラスで、濃い色をした木製のパーゴラが縞《しま》模様の影を作り出していた。

格子状の窓のそばに、こんもりと枝を広げたシマトネリコが植えられている。そして樽《たる》を半分に切った形のプランターが歩道との境目に並べられ、色とりどりの花が寄せ植えされていた。

それにしても素敵だ。ただし、扱っている商品は安くなさそうだが。

ずいぶん前からここにあったと思われる瀟洒《しょうしゃ》な建物。以前もなにかの店だったっけ？入り口の横に立てかけられたイーゼルの黒板には、大きく『開店セール中』とチョークで書かれていた。そしてその下に、『ただし、うちはわがままな眼鏡店です』とも。

わがままな眼鏡店とは、いったいどういうことなのだろう。

偏屈な店主がいるということだろうか。

商品にこだわりがあって、リクエストには応えかねますってことだろうか。

それともあれか。童話の『注文の多い料理店』のように、客には店の指示に従ってもらいますというやつか。

ショーウインドウのメガネには惹《ひ》かれる。そして、お店自体にも。

でも今日のショッピングリストにメガネは入っていない。それにこの手のメガネは、買うとなったら諭吉一枚で済むはずがない。

早く西木小井駅に行け。そして電車に乗って繁華街まで出るのだ。

迷うな。最初に決めた任務を遂行しろ。

——でもな。

ショーウインドウのメガネが、ガラスに映った志乃の顔に重なる。レンズを囲む縁《リム》がなく、サイドの部分が淡い金色のレースのようになった、凝った作りのツーポイントと呼ばれるフレームだ。

なんの飾り気もない志乃の銀縁メガネが、まるでドレスを着せられたかのように華やかに変わる。シンデレラが、魔法使いの力で変身したみたいに。

西木小井の住人なら、こういう店にも気軽に入っていくのだろう。ここで躊躇《ちゅうちょ》してしまうのは、しょせん自分が東普那の人間だからかもしれない。

そのとき、〝どうぞお入りください〟とどこからか声がしたような気がした。

志乃はあたりを見まわす。だが、人の気配はない。

電線よりも少し高い場所にある、二階の小窓が開いていた。もしかしたら志乃の姿に気がついた店員が、あそこから声をかけてくれたのだろうか。

とりあえずはのぞくだけ。ちょっとしたメンテナンスなら、家から近いほうが便利だし。

ステンドグラスのはまった木製のドアを、志乃は思い切って大きく手前に引いた。


「うわあ……！」

白木の壁に囲まれた店内は、まるで異国のカフェみたいだった。

右手には壁に沿ってガラス棚が設置されており、キラキラしたメタルフレームのメガネが並べられている。

中央の丸テーブルには、ガラスの器に入った小さな観葉植物が置かれ、周りを囲むように陶器でできたリスやウサギや鳥がいた。

無造作に置かれた飴《あめ》細工のようなプラスチックのフレームにステンドグラスの光が当たり、そこかしこに乱反射している。白い壁に綾《あや》模様が描かれ、まるで万華鏡だ。

左側にはベンジャミンの鉢で仕切られたラウンジがあり、大きな窓から光が降りそそいでいる。外から見たときは植物や周囲の建物に遮《さえぎ》られて暗そうだったが、あちこちから光が採りこまれ、店内はやわらかに輝いていた。

「いらっしゃいませ」

振り向くと同時に、壁にかけられた木彫りのフクロウが、時を知らせて鳴いた。

いつのまにか濃い飴色のカウンターの奥に、黒縁のメガネをかけた若い男が立っていた。ワイシャツの上に黒いデニムのエプロンを着け、紐《ひも》のついたネームプレートを首からさげている。年は二十代後半あたりだろうか。無造作に横分けされた前髪は長めで、黒縁メガネの効果もあり、顔が小さく見える。

モデルのようにすっとした立ち姿で、斜め上に視線を向けているせいか、顎《あご》のラインがやけにきれいだ。

店員と思《おぼ》しきその男の顔を、志乃はまじまじと見つめた。正確には顔ではなく、かけられたメガネを、だが。

こんなメガネ、はじめて見た。一見《いっけん》するとシンプルな横長の黒縁なのだが、近未来的でものすごくかっこいい。どこのメーカーのものなのだろう。

普通、メガネというのは、レンズがプラスチック、または金属で縁どられている。またはツーポイントのように、レンズに穴をあけて金具で直接固定する技法もある。ところが彼のメガネは、フレームからレンズが浮いているように見えた。

ああ、鼻あての部分で固定されているのか。レンズの一部だけがフレームに接続され、太い黒のプラスチックがレンズの背面にあるので、立体的に見えるのだろう。

「なにか？」

鋭角のきれいなラインを描く輪郭が、声に沿って動いた。

「うわっ！」

あまりにも無表情かつ整った顔立ちなので、いつのまにかカウンターの奥に置かれている人形かと錯覚してしまった。だが、れっきとした人間だった。

ソフトな低音ボイスは、まるで白木の壁に吸いこまれていく清涼な水のようだ。職場のオッサンたちの野太い声とは大違いである。

急に志乃の心拍が上がりはじめた。

いま店の中にいる客は志乃だけで、つまりはイケメンとふたりきりなのである。

大学を卒業したあと、若い男性と接触する機会はまれだった。異性に対する免疫力がそうとう落ちている。いや、これほどまでに整った顔立ちの男性を前にして、動揺しない女子など、はたしているだろうか。

けれどドキドキしているのは志乃だけで、店員はやはりマネキンのように無表情だった。しかも、目をあさっての方角に向けている。

天井になにかあるのか？　店員の視線の先を見てみるが、格子状に張られた木の板と丸いダウンライト、そして明かり採り用の小さな窓があるだけだ。

頭に疑問符を散りばめたまま、視線を戻す。すると店員は、今度は背中を向けていた。

——あの、接客中ですよね？　客に尻を向けるのは、あまりにも失礼じゃないですか？

愛想のかけらもない態度に、少々がっかりする。もしかしてアルバイトなのだろうか。

まぁいい。下手にチャラチャラ接客されるよりも、黙って店内を見せてもらったほうが気は楽だ。

志乃は店員に軽く会釈をすると、入り口の右手にあるショーケースに向き直った。


ガラス棚に置かれたフレームのひとつを手に取る。さっき外からも見えた、テンプルの部分が金糸で細かく編まれているツーポイントのメガネだ。

やっぱり素敵だ。むしろ、ガラス越しに見たときよりも、断然輝いている。

レースのような凝った模様で金属とは思えない質感だ。けれど触れてみればしっかりと硬く、閉じたり開いたりしてみても、動作に問題はない。

テンプルの内側を見てみる。

たいていのメガネフレームには、モダンという耳かけの部分にブランド名やサイズを表す数字が書かれている。

『3J』

うっすらと、そんなふうに刻まれていた。メガネのブランドに詳しいわけではないが、聞いたことのないメーカーだ。

〝どうぞかけてみてください〟

またどこからか、声が聞こえた。

あのイケメン店員か？　そう思ってカウンターのほうをちらりと見やるが、あいかわらず店員は背中を向けたままである。店内に、他の人の姿はない。

――まさか、天井裏に住んでいるのは魔法使い？

そんな妄想をしてしまうあたり、相当疲れているのだろう。

志乃はかけていた銀縁のメガネをはずし、レース模様のツーポイントメガネをかけた。

展示されているメガネには度が入っていないため、0・2の視力ではおぼろげな雰囲気しか確認できない。だが、店の一角に置かれた鏡に姿を映すと、なかなか似合っているような気がした。

志乃がいまかけているメガネを買ったのは、大学四年になり、本格的に就職活動を始めたときだった。リーズナブルな量販店で買おうかずいぶん迷ったが、就活や、その先の長い社会人生活のことも考え、奮発してレンズとフレームを別々で注文するような専門店でオーダーした。

志乃は消耗品に無駄な投資はしない。そのかわり、メガネや財布など長く使うアイテムには出費を惜しまない。かつてライブチケットや交通費など、形のないものに投資した反動もあるだろう。

すぐに伸びる髪にお金をかけるのはやめた。キラキラしたネイルアートも自己満足のおしゃれにすぎないので、爪を保護するトップコートだけにした。

同窓会や職場の飲み会も、強制参加のもの以外は断っている。たった一度の享楽に何千円も使うより、スーパーで値段の下がった惣菜や安い発泡酒を買って家でゆっくりしたほうが経済的だ。

そのかわり、半永久的に残るものは吟味して選ぶことにしている。

安さに飛びついて買ってみても、すぐに壊れたり不良品だったりする。コストパフォーマンスを考えれば、質のよいものを選んだほうがのちのち得に転ぶ。

いま使っているメガネは、銀色の細いチタンでできたスクエア型だ。シンプルなデザインではあるが、何度もフィッティングを重ねて購入した。決して安くはなかったけれど、快適なかけ心地で満足している。

だが、無難すぎて飽きがきているのも確かだった。長く使えるようにスタンダードなタイプを選んだが、きらびやかで凝った細工がしてあるフレームを見ると、気持ちが揺れる。

それに、目を酷使しすぎているせいか、最近パソコンを使っていると、夕方ごろに頭がズキズキしてくるようになった。

片頭痛の原因の八割は、上司の浜地にあるだろう。だが、メガネを変えることで少しでも体調が改善されるなら、それにこしたことはない。

――どうしよう。思い切って、新調してしまおうか。ちょうどパソコン用のメガネも欲しいと思っていたところだし、考えてみてもいいかもしれない。

志乃はさりげなく値札を探した。けれど目当てのツーポイントメガネには、それらしきものはついていない。

隣に置かれていた別のフレームのプライスタグをひっくり返す。その瞬間、新しいメガネを買う気は失《う》せた。

――高い！

ここのメガネひとつで、量販店だったら最低三つは買える。横に目を走らせると、ものによっては、半年分の給料が飛んでしまうほど高価なものもあった。

レンズとセット売りしているわけではなさそうだ。店内のどこにも、安さをＰＲするような謳《うた》い文句はない。フレーム単品でこの値段なら、両眼用のレンズを合わせたら、いったい幾《いく》らになるのだろう。

――帰ろう。とてもじゃないが、衝動《しょうどう》買いできるシロモノではない。ショーケースを見るふりをして、さりげなく退散してしまおう。

入り口のほうに体の向きを変えたとき、ドンという衝撃とともに、かけていたメガネが床に落ちた。

「すみませ……」

ぶつかった相手が、腰を曲げて床に落ちたメガネに手を伸ばす。

細くて長い腕。肘《ひじ》までまくりあげられた白いシャツ。手の甲に浮かんだ、くっきりとした筋。肘から指の付け根まで伸びた、青い血管。

男が身を起こした。志乃より頭ひとつぶんだけ背が高い。細身だけれど、広い肩幅。ステンドグラスの赤や緑の光に照らされる、無駄な肉のないすっきりした頬。

裸眼なのでぼんやりとしたシルエットでしか判別できないが、さっきの店員に間違いないだろう。さすが西木小井クオリティ、あらためて見てもハンパない美形だ。

頭上から、ふいに低いトーンのとがった声が降ってきた。

「おまえのそのちっこい目は飾りか？　気をつけて歩けよ、ボケが」

一瞬、なにを言われたのか理解できなかった。

ちっこい目？　ボケ？

なんだ、その失礼な言い方は。

確かに、こっちからぶつかってしまったのだし、壊れものを扱っている店なのだから注意はするべきだった。けれど、ここは「大丈夫ですか？」とか「こっちこそすみません」とか言うべき場面ではないのか。

もしかしたら、ここはメガネの販売店ではなく、個人のコレクションを展示しているだけの一般家庭だとか？　彼も店員じゃなく、ただの住人なのかもしれない。

いや、でも表の看板には『開店セール中』と確かに書いてあった。

志乃は首にかけられたネームプレートの紐をつかみ、目の近くまで引き寄せる。そこには『天王寺《てんのうじ》一矢《かずや》』と名前が書かれていた。そして『認定眼鏡士《にんていがんきょうし》SSS級』『米国オプトメトリスト』という肩書も。

聞いたことのない資格だが、信用できるものなのだろうか。

乙女ゲームにでも出てきそうな仰々しいフルネームと、名前負けしていないビジュアルに、志乃は心の中で悪態をつく。しょせん、こいつも住む世界が違う人間というわけだ。

渾身《こんしん》のにらみを利かせながらメガネを取り返そうとすると、伸ばした手が空を切った。

天王寺が持っていた志乃のメガネを、ひょいっと上げたのだ。

それが客に対する態度か、と志乃は目力を込めながら天王寺に詰め寄った。

「返して！」

「ネジが歪《ゆが》んでる」

「……ネジ？」

高く掲げられた志乃のメガネを、天王寺はじっと見つめている。

いろいろな角度からフレームを見定め、指先で両サイドの弾力を調べたり、たたんで左右のずれを確認したりしたあと、「ほら、この蝶番《ちょうつがい》のところ」とフロントとサイドをつないでいる金具を指さした。

「ほんとだ」

レンズが合わないと思っていたが、どうやらそれは、金具の歪みのせいらしかった。

「これならすぐ直せるけど、修理するか？　それとも新しく作るか？」

現金な話だが、セールストークよりも先に修理を勧める言葉が出てきたことで、天王寺への印象がいきなりプラスへと転じた。

『わがままな眼鏡店』と表の看板に書いてあったが、もしかして「わがままなお願いも大歓迎」という良心的な店なのだろうか。

でも、ここは慎重に。文字に書かれていない行間の意図は、まだまだ不明なままだ。

返事をためらう志乃に、天王寺は予想外の言葉を投げつけた。

「おまえ、老眼じゃねえの？」

は？　老眼？

これでも一応、二十四歳で〝まだまだ若者〟の部類に入っていると自分では思っているんですけど!?

失礼にもほどがある。さすがにここは、キレていい場面だ。

「んなわけないじゃん！　私がそんな年寄りに見えるなんて、あんたのほうこそ新しいメガネが必要なんじゃゃないの!?」

「バーカ、老眼ってのは年寄りだけがなるもんじゃねえんだよ。パソコンやスマホで目を酷使することで、水晶体の調節機能が弱くなってる若い連中が増えてる。おまえ、肩こりとか頭痛とかひどくないか？」

「……ひどい」

——なんでわかるんだ？　オプトメトリストってやつは、カイロプラクティックみたいに、体の不調を改善してくれるものなのか？

いやいやいや、騙《だま》されちゃダメだ。肩こりとか頭痛なんて、ビジネスマンが抱える現代病のようなものだ。いきなり老眼に結びつけられても困る。

警戒しながらも興味を持ちはじめた志乃の様子を見て、天王寺はニヤリとした。

「眼精疲労って言葉くらいおまえも聞いたことがあるだろう。近いものを見るとき、人間の水晶体は、ピントを合わせるために緊張して大きく膨らむ。それでも見えにくいと、首や背中、腰を曲げて無理な姿勢をとる。それが肩こりや腰痛の原因になる」

「ふむふむ」

「で、目の緊張状態が続くとどうなるか。周りの神経も疲弊《ひへい》してきて、片頭痛を引き起こす。それと、モニターから放たれるブルーライトのせいで、夜でも昼だと脳が錯覚をする。それが睡眠障害につながる。寝る前に携帯やスマホをいじるなってのは、そういう理由があるからだ」

「なるほどー」

最近のメガネには、ブルーライトカット加工を施してあるものが増えている。それだけ眼精疲労や不眠に悩んでいる人が多いということなのだろう。

老眼と言われたのはショックだった。だが、こんなことでもなければ絶対に自覚なんかしなかっただろう。

店員の態度は最悪だ。メガネの値段も高い。が、頭痛はここ数カ月で確実にひどくなっている。それに、この店に並べられているフレームには心惹かれる。

どうしよう。新しいメガネ、買ってしまおうか。

「一応これ、開店サービスな」

サービスだと？　そういうものがあるなら早く言ってくれ。

A5サイズのラミネートを手渡され、志乃は目をきらめかせた。我ながら、「お得」とか「サービス」とか「限定」という言葉には弱い。

いったん返されたメガネをかけ、開店サービスなるものの中身を確かめた。そしてラミネートから顔を上げ、頭ひとつぶん高い場所にある天王寺の顔を仰ぎ見た。

「なんですか、これ」

そこには『お買いあげのお客さまへ、三日間限定のおもてなし』と和文字の見出しが書かれていた。サービスメニューとして『壁ドン』『網ドン』『机ドン』という三項目が記されている。これはどのように解釈すればよいのだ。

「どれにする？」

天王寺が無表情で尋ねた。

「どれにする、と言われましても……」

壁ドン。網ドン。机ドン。

天丼、かつ丼のたぐいではない。

『壁ドン』というのは、異性を壁際に追いつめ、手を壁にドンとついて相手と対峙《たいじ》する行為だ。〝ただし、イケメンに限る〟という特記事項もつくらしいが。

ラミネートの説明によると、『網ドン』というのは、屋上などの金網をガシッとつかんで相手を両腕に閉じこめることなのだそうだ。近隣の北瀬《きたせ》高校の屋上を使うという※印付きの注釈まで入れてある。

テーブルや机に相手を押し倒すのが『机ドン』。

いやはや、いろんな『ドン』があるものだ。最近のショップでは、こういうサービスがあたりまえになっているのだろうか。

大学時代にメイドカフェでアルバイトをしていた友人も、「ケチャップでお絵描きするだけじゃダメ。さりげなーいボディタッチくらいのサービスをしないと、指名なんかもらえないよ」なんて言っていたっけ。

これだけのイケメン店員なのだ。天王寺の壁ドンのためだけにお金を払う女子だっているかもしれない。

目立たないように掲げられた看板も、『わがままな眼鏡店です』の煽《あお》り文句も、冷たい態度をとられたあとの壁ドンで効果を倍増させる計画だったりして。

あなどれない。さすが西木小井町。サービスの質がほかとは別格である。

けれど店員の天王寺は、本気で嫌そうな顔をしていた。

「まったく、面倒な企画を立てやがって。おまえも今日は買うのをやめとけ。メガネの修理はしてやるから、それで帰れ」

にこりともせず、天王寺は言った。ぶっきらぼうな態度も演出なのかもしれないが、こいつの上から目線にはカチンとくる。

志乃の内側に嗜虐《しぎゃく》的な気持ちが湧《わ》いた。

「新しいメガネ、買います」

「あ？」

「買います」

ただし、壁ドンが目的ではない。メガネを買ったあと、「そんなチャラいサービスは不要です」とビシッと言って、こいつの居丈高な態度をへし折ってやりたいのだ。

露骨に天王寺が迷惑そうな顔をした。〝めんどくせえ〟と顔に書いてある。

志乃は心の中でニヤリと笑った。

値段は張るけれど、ここに置かれているメガネはどれも品質がよさそうで、しかも好みのデザインばかりである。おそらく買っても後悔しないだろう。

もし我慢してあきらめたとしても、きっとまた欲しくなるに違いない。そしてあらためて買いにきたときには、誰かに先を越され、気に入ったものはなくなっていたりする。

チャンスの神さまは、前髪しかないという。「ここぞ！」というときにつかむべきなのだ。

「買います！」

志乃の三度目の宣言に、天王寺は白旗を揚げた。

視力の測定を行う前に、カウンセリングをするためラウンジに案内された。

ガラステーブルの周りに置かれた、デザインや色がひとつひとつ異なる椅子。背もたれが布張りになっており、やさしい雰囲気がある。

「茶ァ淹《い》れてくるから、これ書いて待ってろ」

天王寺はそう言って、カルテの挟まったバインダーを乱暴に置いた。

認定眼鏡士という肩書は本物か。それとも、ただのハッタリなのか。志乃が悩んでいた片頭痛を見抜きはしたが、それがメガネで改善できるのか。とくとお手並み拝見といこう。

おもて面を書き終えたころ、お茶のはいったティーカップが目の前に置かれた。

ひと口飲んでみる。

アールグレイ？　いや、ベルガモットか。すっきりした味わいで、心が落ち着く。

格子窓にかけられたレースのカーテンを通して、あたたかな日差しが降りそそぐ店内。天井からは釣り鐘の形をした真鍮製の鳥かごがぶらさがっていた。中には羊毛フェルトでできた青い小鳥が一羽。そして正面に、端整な顔をしたメガネ男子が座っている。

なんだかちょっと、幸せだ。

ところがそんな幸せな気分を、天王寺のひと言がぶち壊した。

「ふーん、文具メーカー勤務ね。ジミ」

なんだと？　その地味な文具の世話になっているのは、どこのどいつだ。その手に持っているボールペンも立派な文具だろうが。

天王寺はバインダーに挟まれているカルテに『事務』と記入した。

「ああ、そっちね」

どうやら「事務」と「地味」を聞き違えてしまったらしい。

「フナ町？　近所だな」

西木小井の子供が、自分たちを『ニシキッズ』、東普那の住民を『フナ町っ子』と揶揄《やゆ》していることは知っていた。

はいはい、鮮かなニシキゴイと比べたら月とスッポンですね。そちらは金持ちの象徴ですよ。こっちはジミなフナですみませんねー。

「いまのメガネは購入して四年目か。ふうん」

――なんか文句でも？

天王寺は淡々とカルテを作成していく。

ネガティブに反応してしまっていることはわかっていた。

でも、武装していないと、世の中の悪意に傷つけられてしまう。初対面の人に対してはなおさらだ。うっかり弱みをさらけ出してしまったら、致命傷を負わされかねない。

カウンセリングが終わり、今度は測定コーナーに案内された。

最初は裸眼で視力を測る。かつては検査板に書かれたランドルト環《かん》（Cをたてよこナナメにしたやつ）を上から順に読んだものだが、いまはある程度は機械でわかるらしい。

テーブルの上に置かれた専用の機械に顎をのせ、額をつける。すると、レンズの向こう側に田園風景がぼんやりと映し出された。

カシャッという音とともに、空に浮かんだ気球に焦点が合った。機械が横にスライドし、検査が繰り返される。

「そのメガネ、ちょっと貸せ」

天王寺は顕微鏡《けんびきょう》のような機械で、志乃が普段使っているメガネのレンズを調べはじめた。あとから知ったことだが、あれでレンズの度数がわかるらしい。

それからメモリのついたダサい検査用のメガネをかけさせられた。トライアルフレームというそれは、丸いアルミニウム製で、ちらりと鏡に映った自分の顔は、マッドサイエンティストのようだった。

こんなイケメンを前にしてかっこ悪いと思ったが、天王寺がまじめな顔をしているのでなにも言えない。

数種類のテストレンズを使って見え方の確認をする。今度は検査板に書かれているひらがなを、上から順に読みあげる。

約十五分のあいだ、さまざまな検査を行った。前にも眼科で受けたことのあるようなものもあれば、はじめて体験するようなものもあった。

「調整機能解析装置だ」

天王寺が得意気に紹介する。なんでも毛様体筋《もうようたいきん》の震えを測定する装置だそうで、眼精疲労による調節異常がわかるらしい。パソコンのモニターで結果を見せられたが、シロウトにはまったく意味不明だった。

でも、こんなにちゃんと目のことを考えてもらったのは、はじめてかもしれない。自分の利き目が左側だということも、ここで教えてもらうまで知らなかった。

「老眼ではないな。おまえの水晶体はちゃんと機能している。いま使っているメガネもいいものだ。ネジは歪んでいたが、レンズの傷も少ない。大事に使ってたんだな」

「……どうも」

今度は素直にお礼を言うことができた。

「度数はそんなに高くないから、店の在庫で大丈夫だ。特殊な加工が必要でなければ三十分でできる。ラウンジで待ってろ」

なんだ、今日のうちにできちゃうのか。もう一度この店に来ることを、少し楽しみにしていたのに。

フレームはすでに決めていた。ショーウインドウのガラス棚に置かれていた、金糸の縁なしメガネ。店に入って実際に触れた瞬間、不思議な温度を感じた。吸い寄せられるように心をとらえられた。

——ひとめ惚《ぼ》れというのは、ああいう体験のことを言うのかもしれない。

作り手の思いや手のぬくもりが、メガネのフレームを通して指先から体内に流れこんでくるようだった。

なぜかそのフレームにだけ値段が書かれていなかったが、全体的な価格層から、二泊三日の沖縄旅行にでも行けそうなくらいの額になると予測できた。

でもいいのだ。旅行は消耗品だけれど、メガネはいつまでも手もとに残るのだから。

ネジの歪んだ古いメガネも持っていかれてしまったので、ぼんやりとした視力で店内を見まわす。雑誌も置いてあったが、こんな状態で文字を追ったって疲れるだけだ。

志乃はハーブティーに口をつけたあと、椅子の背にもたれて目を閉じた。視覚を封じれば、人の五感は聴覚と味覚、触覚、嗅覚《きゅうかく》だけになる。

ベルガモットの香りと、奥の部屋から聞こえる機械音、そして窓から降りそそぐ日差しのあたたかさが志乃の感覚を支配する。

黙って機械の音を聞いているのにも飽きてきて、志乃の脳内ではあれこれと妄想劇場が始まった。

ゆうべ見たドラマはツッコミどころ満載だったなあ。

ヒロインは花屋だったのだが、売り物の花束を「お金がない」と涙目で訴える若い男性に無料であげていた。〝心やさしいヒロイン〟という設定なのだろうけど、あれはいただけない。

おまえは雇われ店員だろう？　売り物をタダであげたらだめじゃないか。そんなふうにツッコミをはじめたら、ドラマに集中できなくなってしまった。

自分だったらどうするだろうか。

野に咲く花にだって素敵なものがあるんだよ。そんなふうに教えてあげてもいい。

もう少ししたら値下がりするから、また来てね、と次の約束を取りつけるのもありだ。

そのあとに見たニュースでも、凶悪事件の犯人に「ばかだなぁ」とあきれた。

どうしてお決まりのように犯行現場に戻るのだ。日本の警察を舐めるな。

自分なら逃走ルートは……ああ、ダメだ。行動範囲が狭すぎる。これはすぐに捕まるパターンだ。

——妄想は学生時代にまで遡《さかのぼ》る。

金色にブリーチした髪を揺らしながら、ライブハウスで跳びはねていた十代のころだ。

あのとき、自分の中には夢と希望がいっぱい詰めこまれていた。

憧れていたバンドのボーカリストとの恋愛。彼はライブ中にステージから飛び降り、志乃を喧騒《けんそう》の中から連れだす。

めくるめく夜。やがてふたりは結婚し、志乃は平凡な『浦田』の姓と決別する。

東京の代官山や自由が丘みたいなおしゃれな街に住み、サンルームを自分用のアトリエにして、絵を描いたり手芸をしたりと、趣味に没頭する。子供には『アンナ』とか『レオン』といった外国でも通用するような名前をつけて、ピアノやバイオリンを習わせるんだ。

やってみたかった、あんなことやこんなこと。言葉にさえ出さなければ、頭の中でどんなことを考えようが自由だ。

——いつも舐めた態度をとってくる取引先のオッサンのお茶に、雑巾《ぞうきん》の絞り汁を入れてスカッとする。

――浜地がやらかしたミスを颯爽《さっそう》と解決して、思い切り悔しがらせる。

――残業や休日出勤を当然のように言いつけてくる課長に、『辞表』と書かれた封筒を叩きつける。

想像の世界だったら自分は最強で、世の中の人間をゴミみたいに見くだしている。いらないものを排除して、自分の好きなものだけに囲まれて暮らすのだ。

――どうして会社では、あんなふうにきつく当たられるのだろう。

どうして誰も味方をしてくれないのだろう。

ゆとりと揶揄され、レッテルを貼られて悔しいのに、どうして自分はなにも言い返せないのだろう。

いきなり会社を辞めてしまったら、みんな困るだろうか。

――志乃がいなくなってはじめて、浜地は自分がしていたことがパワハラだったと気がつき、後悔するのだろうか。

じわりと涙がこみあげてきて、なんだか目が開けられなくなってしまった。

いいや、きっと違う。志乃ひとりいなくなっても、誰もなにも感じないだろう。

リアルな自分は、つまらない人生を送っている、夢も希望もないOLだ。

言われたことを適当にこなして、自分から意見したこともない。ゆとり世代とひとくくりにされ、若いもんはダメだと決めつけられても、なにも言えない。

頭脳も体力もコミュニケーション能力もない。

そんな自分を見破られないように、針を立てて武装している。

志乃のデスクがからっぽになっても、すぐ別の誰かがあの場所に座る。志乃がいたことなんて、誰も思い出しはしない。自分の代わりなんか、いくらでもいる。

他人がゴミなのではない。世間一般でのゴミは、たぶんきっと、自分のほうだ。


「できたぞ」

天王寺の声がして、志乃は慌てて体を起こした。目を開けたはずみでポロリと涙がこぼれたが、袖口でまぶたをこすってなんでもないふりをする。

天王寺が差し出したトレーの上には、メガネがふたつのせられていた。新しく購入したものと、いままで使っていた地味なやつだ。

「ネジを交換しといたから、いままでのやつも調子はよくなったはずだ。軽量チタンの丈夫な素材だし、普段使いにはこっちのほうが合ってると思う。修理代は、今回はサービスしてやる」

地味なメガネだけれど、かけ心地がよくて愛着があった。いままでどおりに使えるとわかって安堵《あんど》する。

「新しいほうはPC用のブルーライトカットとUV加工がしてある。わかっていると思うが、変形する可能性があるから熱い場所には置くなよ。それとフレームのあるメガネと違って、ツーポイントはネジがゆるみやすいし、結合部分に汚れがつきやすい。だから、定期的にメンテナンスすること」

　意外に面倒なんだな。でも、メガネにも個性があると思うとおもしろい。

「――新しいメガネは、きっといままで見えなかった世界を見せてくれるはずだ」

　天王寺の言葉が、胸に響いた。

　いまの自分を変えたいと、志乃は心のどこかで願っていた。そんな秘めた想いを、すくい取ってもらえたような気がしたのだ。

　装着を促され、両方の指で大事にテンプルをつまみながら、志乃はそっとメガネをかけた。軽い着け心地で、耳のラインに沿って吸いつくようにフィットする。鼻にも圧迫感がなく、ものすごく楽だ。

　天王寺が正面から瞳の位置の確認をする。

　レンズの奥の鋭い眼光。整った鼻梁《びりょう》。少し開いた、厚みのある唇。

　照れくさくなって目をそらそうとすると、「ちゃんとまっすぐ視線を向けろ」と厳しい口調で言われた。

　長い指先が髪をすくい、耳のうしろをそっと撫《な》でる。至近距離で見られている緊張感で、ドキドキした。

　天王寺は何度もフィッティングを確かめ、カウンターに戻ってフレームの角度を調整するという作業を繰り返した。

　人間に対してはぶっきらぼうなのに、メガネにはやさしく触れる。なんだか自分のことも大事にしてもらえた気がして、ささくれだっていた心が凪《な》いでいった。

「こんなかんじかな」

できあがりに満足、といったふうに天王寺の顔がゆるんだ。さっきまで怖いくらい真剣な顔だったのに、いきなりそんな隙を見せられたら困る。

正面に置かれた鏡を見ると、いままでとは違う、昔のようなあどけなさが残る自分がいた。クリアなビジョンの中で、志乃はなんだか不思議な気持ちになった。

遠くを見たり、近くを見たり、印刷された文字を読んでみたり、スマートフォンの画面を眺めてみたり。そしてふたたび、鏡に映った自分の顔を見つめてみたり。

そうやっているうちに、志乃はふと、あることに気がついた。

「近くははっきり見えるけど、遠くはなんだかぼんやりしている気がする」

雑誌の文字は見やすいが、カウンターの奥に貼ってあるカレンダーの数字が読みとれない。窓から見える道路標識も店の看板も、輪郭がぼやけている。

近くのものを見るのは問題ない。スマートフォンの画面をスライドさせても、ぴたりと焦点が定まる。でも遠くが見えない。

――このレンズは、ちゃんと目に合っているのか？

「じつは、いままでのものより度数を下げてある」

「ちょっと待て。それじゃあ意味なくない？」

わざわざ見えにくいメガネを作るバカがどこにいる。

眉間にしわを寄せる志乃の額を、天王寺が指先でぱちんとはじいた。

「いまのおまえは、ハリネズミみたいだ。もうちょっと、肩の力を抜いたほうがいいぞ」

「………」

はじかれた額がじんじんする。けれど心は、もっと鈍い痛みを感じていた。

肩の力を抜け、か。

背中の針を逆立てたハリネズミの置き物が、窓辺から志乃をにらんでいる。天王寺は手を伸ばしてハリネズミをつかむと、志乃の目の前に突きつけた。

「単焦点レンズというのは、たいてい遠くのものがよく見えるように調整してある。遠視なら問題ないけれど、近視は矯正が必要っていう風潮があるからな。でも遠視や老眼の人間は、近くが見えにくい。だから本来、メガネというのは用途や目の機能によってレンズを変えなくてはならない。たとえばだ。もしも望遠レンズで近くを見たらどうなる？」

「ぼやけて見えない」

「そうだ。それと同じことが、近視用のメガネにも起こりうる。遠くがよく見えるように調整してあると、逆に近くのものが過矯正で見えづらくなることもある。だが、いまのおまえに必要なのは、近くをクリアに見るためのビジョンだ。普段の仕事も、パソコンを使ったり書類の文字を目で追ったりするデスクワークがメインなんだろ？　このレンズは、手もとの見やすさを重視している」

虫メガネと望遠鏡では、用途も見え方も全然違う。手もとで見るスマートフォンは裸眼でもいけるくらいだから、拡大したり焦点を合わせたりする必要もない。見る必要のないものは見なくてよし。

「なんでもかんでも見えすぎるってのは、かえって疲れるもんなんだ。見る必要のないものは見なくてよし。そのかわり、見なきゃいけないものはちゃんと見ろ」

背中側に回った天王寺が、志乃の両肩をぽんと叩いた。勢いに押されたように、志乃はもう一度鏡をのぞきこむ。

二十四歳の、いまの顔。へぇ、自分って、こういう顔をしていたんだ。

意外と悪くなかった。お花畑にいたころよりも、無駄なものがそぎ落とされているような気がする。

新しいメガネで見る世界は、どこもかしこもいままでとは違っていた。

店の壁の白い木目も、棚いっぱいに並んだメガネのフレームも、保護するような光の膜に包まれている。脳に刺さってくるような、はっきりした境界線がない。

周りのものすべてが、ふわりとやさしいシルエットで、志乃を楽な気持ちにさせてくれる。トゲトゲしく見えたハリネズミも、きょとんとして愛らしかった。

なんでもかんでも白黒つけようとしていた自分は、とても疲れていたのかもしれない。

無駄な投資はしない。それは、すべてのものごとに値段をつけていたということだ。

他人の一挙一動に過剰なほど反応し、勝手に傷ついて自虐的な気持ちになる。その大半は、聞き流してもいいことじゃなかったのか？

もっと楽に生きていい。いまの自分だって悪くない。そんなふうに、許されたような気がした。

素敵なものは、意外とすぐそばにある。いつも通っている道からひとつはずれただけで、この店にも出会えた。

つやつやした黒髪と凛々《りり》しい眉をもつメガネの店員。

――素敵な恋だって、もしかしたら近くに落ちているのかもしれない。


取り扱い方法などの説明を受け、最後にメガネケースを選ぶため志乃は立ちあがった。

そのとき、窓の外を歩いていた人と偶然目が合った。

見たくないものほどいちばん先に見えてしまうのは、どうしてだろうか。

虫嫌いな人は虫を見つけてしまうし、早く帰りたいときに限って、書類のミスを見つけてしまう。

慌てて視線をそらしたものの、気になってもう一度窓の外を見た。歩道に立っている女性が、やはりこっちを見ている。

それは志乃がよく知っている人であり、いちばん会いたくない人だった。

窓越しに、にらみあうように対峙する。相手は連れの男性になにか声をかけ、こっちに向かって歩いてきた。そして扉を開けて店の中に入ってくると、志乃の顔を見てにっこりほほ笑んだ。

「まさかこんなところで会うなんてね」

会社のプロダクトデザイナーである浜地だった。どうして休日だというのに天敵に会わなくてはならないのだ。

幸せだった気持ちが、昼間のアサガオみたいにしおれる。頭がぐらぐらして、呼吸が苦しくなる。

でもここは会社じゃない。やられたら、やり返してやればいい。志乃はふたたびハリネズミのように心に棘《とげ》をまとった。

「こんにちは。浜地さんのご自宅、この辺なんですか？」

「主人の実家が近いのよ」

こいつも西木小井の人間か。卑屈な気持ちがシミのように広がる。

外にいるのがご主人なのだろう。白髪頭のやさしそうな男性だ。以前浜地が働いていた大学の共同研究室で、技術主任を務めていると聞いた。

志乃は心の中でため息をつく。

勝ち組の女。仕事はできる。容姿もいい。そして高収入の旦那もつかまえた。

闘争心なんて、もつだけ無駄だった。どうせ勝てやしない。そんなのは、わかっていたはずなのに。

そのとき、天王寺が「いらっしゃいませ」と一本調子の挨拶をした。志乃にしたのと同じように、視線をあさっての方向に向けたまま。

浜地は「ああ、客じゃないの。すぐ出てくから」と手をひらひらと振る。

あからさまに不機嫌そうな顔をする天王寺を見て、志乃のとがった気持ちが少しやわらいだ。浜地に愛想よくふるまわれでもしたら、志乃の心は完璧《かんぺき》に折れていたと思う。だが、西木小井のセレブであろうと、東普那の庶民であろうと、天王寺の態度は変わらない。

あらためて志乃は浜地と向き合う。そして、あれ、と違和感を覚えた。

浜地は髪の毛を無造作にうしろで束ね、デニムパンツにウィンドブレーカーというラフな格好をしていた。会社ではブランドもののパンツスーツと完璧なメイクで〝ザ・仕事のできる女〟を体現しているのに。

肩にかけられたキャンバス地のバッグには、アニメキャラクターの缶バッジがついていた。意外にも、こういうのが趣味なのだろうか。

すると志乃の視線に気がついた浜地が、缶バッジを指さしながら言った。

「ああ、これ？　子供が勝手につけたの」

「お子さん、ですか？」

もう一度、視線を窓の外に向ける。中年男性の足もとに、幼稚園児くらいの小さな男の子が絡みついていた。

「今日は久しぶりの三連休だから、子供がはしゃいじゃって。だから主人の実家に連れてきたのよ。最近、残業と休日出勤が続いて相手をしてあげられなかったから」

そう言って浜地は、母親の顔で笑った。

「浦田さんにも申し訳ないことをしたわね。契約社員なのに、ついいろいろ頼んじゃって。

あなた、根気の要る仕事でも最後までちゃんとやってくれるから、じつはけっこう助かっているのよ」

予想外の言葉に志乃は驚いた。

——ちゃんと見ていてくれる人がいた。

そうだ、休みがないのは志乃だけじゃない。浜地もほかの社員も必死で働いている。納期が迫った社内では、事務所全体がぴりぴりする。けれどそれは、いまに限ったことではない。とくにデザイナーは、クライアントからの無茶な要望にも応えていかなければならない。

忙しいときは、新人がもたもた仕事をしているとかえって邪魔になることもある。手伝いを申し出たのに、「志乃ちゃんは帰っていいよ」とみんなが残業する中、ひとりだけ帰されたこともあった。

『おまえは戦力外なんだ』

そんなふうに言われている気がして、最初はつらかった。でも、しだいにそれがあたりまえになった。頼まれたことを頼まれたとおりにすればいい。余計なことをすれば、逆にみんなに迷惑をかけてしまう。

ゆとり世代と言われるのが嫌だったのに、自分からゆとりの沼にはまっていた。

ところが春に赴任してきた浜地は、そんな志乃を「甘えている」と一喝した。そして、ほかの社員が志乃には頼まないような仕事もどんどん回した。

「なんでこんなこともできないの？　新人じゃないでしょ」

そう言って叱り、あきれながらも、浜地は根気よく仕事を教えてくれた。

少しずついろんなことを覚え、周りの社員からも一目置かれるようになった。

仕事量が増え、肩は凝り、頭痛もひどくなった。けれど、投げ出さなかったのは、頼られるのが嬉しかったからなのだと思う。

もしかしたら、浜地が志乃にきつく当たっていたのは、嫌がらせなんかではなく、志乃を戦力だと認めてくれたからなのだろうか。

「最近は仕事の効率もよくなってきたし、一度注意したことは気をつけているようだし、まぁ合格ラインってとこかな。あとは仕事のときの外見さえ、どうにかなればね」

店の奥にあるガラスケースに、志乃の全身が映っている。

あらためて見ると、二十四歳の社会人が着るにしてはチープな格好だった。

浜地もカジュアルだけれど、どこか計算されたようにまとまりがあった。それに比べて、自分はなんてちぐはぐなのだろう。

派手なロゴの書かれたパーカー。汚れたスニーカー。化粧だって適当で、メガネだけが上質なきらめきを放っている。

「……仕事に外見って関係あるんですか？」

会社のときとは違う、謙虚な口調で尋ねた。

外見と能力は関係ないと、かたくなに思っていたけれど、素直に浜地の考えを聞いてみたくなったのだ。

　すると浜地が「そんなのは聞くまでもないでしょう」と言い切った。

「見た目って、ものすごく大事よ。だらしない格好をしていると、それだけで相手から格下に見られるんだから。それにどっちかというと、社内の人間のほうがシビアよ。適当な格好をしていると、そういう心構えで会社に来ているんだって判断される。ためしに出勤のときにスーツでも着て、メイクもワンランク上のラインでそろえてみなさい。みんなのあなたを見る目が変わるから。あと――」

　まだなにか言われるのだろうかと志乃は身構える。すると浜地は、にっこり笑って志乃のメガネを指さした。

「そのメガネはよく似合ってる。そういうやわらかい色、いいよ。いつもはいてるスカート、ジャングルにいるヤドクガエルみたいじゃない。毒もってますよ、近づかないでねっていう、警戒色のあれ。プライベートならいいけど、仕事場でそういうのはちょっとね」

　ハリネズミの次はヤドクガエルか。黄色地に黒の水玉とか、赤と青のツートンとか、ビビッドだけれど食べたらヤバそうな派手なカエル。

　でも、言われてみれば、志乃はいつもそんなスカートをはいていた。

　浜地の指摘どおり、人と関わるのが嫌だから、志乃は〝触るな危険〟と無意識な警報を外に発していたのかもしれない。

「でも私は、あなたの感性嫌いじゃないわよ。人と同じってつまらないじゃない。自分では考えられない色の組み合わせを見せられて、本当は嫉妬していたのかもしれない。どうしても目がいっちゃうから、つい口出ししてしまうのよね。ただ、もうちょっと女子力上げないと、彼氏はできないわね。せっかくの休みなのに、眼鏡屋の店員にしかかまってもらえてない部下を目撃する私の身にもなってみてよ」

するとそれまで黙ってやりとりを聞いていた天王寺が、ぶっと噴き出した。

「最近の上司ってのは、プライベートでも面倒見がいいんだな」

天王寺はひくひくと肩を震わせている。

くっそう。けれど言い返せないのがつらい。

言いたいことを言い終えてスッキリしたのか、浜地は「じゃあまた、連休明けにね」とフレンドリーに手を振りながら店を出ていった。

外で待っていた男の子が、浜地の足にじゃれつく。浜地は見たこともないくらいやさしい顔で笑って、男の子の頭を撫でた。

いいな。自分もあんなふうになりたい。

仕事をしっかりやって、オフも充実させる。そんな勝ち組に、自分もなれるだろうか。

浜地はさっき、人と違う志乃の感性を嫌いじゃないと言った。社内でトップクラスのデザイナーに、個性を認められたのだ。

自信をもとう。いままでしてきた経験は、いつかきっと、花を咲かせて実を結ぶ。

浜地が出ていってすぐ、志乃は新たな問題が待ち構えていることに気がついた。

そういえば、総額で幾らになるのかをまだ聞いていなかったのだ。

値段を確認しないで購入を決めるなんて愚の骨頂だったが（店側もちゃんと事前に説明しろよと思うが）、そんなことも気づかずに最終段階まできてしまったのは、おそらくこの店の魔法にかかっていたせいだろう。

出費を惜しまない覚悟ではいたが、かっこいいスーツとワンランク上の化粧品を買うという新たな使命もできてしまった。

オーダーメイドのメガネは、すでにできあがってしまっている。値段を見て「やっぱりやめます」などと言うのは許されるはずがない。

それに、天王寺に向かって三度も「買う」と言い切った。いまさら、あとには引けない。

「えっと……それで、お幾らになるのでしょう？」

棚に並べてあるフレームのほとんどに、とんでもない金額が記されていた。

志乃が買ったメガネのレンズには、ブルーライトカットのほか、さまざまな加工がされている。おまけに消費税も加算される。すべてがセットになった格安料金を設定している店も多いが、ここはおそらく違うだろう。

表の看板にあった『開店セール中』という言葉に一縷《いちる》の望みを託し、「少しは割引になるんですよね？」と志乃はおそるおそる尋ねた。

すると天王寺は、「ちょっと待ってろ」と言って、カウンターの奥にあるスタッフルームの扉を開けた。

「店長、いるー？　あのメガネ、幾らにすんのー？」

ちょっと待て。眼鏡屋の店員のくせに、値段も知らないのか。

それとも、メガネの価格というのは自由設定でいいのか？　他店とのすり合わせなんてのはないのか？

値段の書かれていないフレームといい、サービスメニューの壁ドンといい、経営がフリーダムすぎる。

奥のほうで、なにやら相談している気配がある。さっきからなんとなく聞こえていた天の声は、おそらく店長のものだったのだろう。

——これは吉と出るか、凶と出るか。

「その金額を言えばいいんだな。え？　あれを忘れるな？　わかってるよ、めんどくせえ」

雇い主に対してさえ敬意のかけらもない。そんな天王寺のぶれない態度に、つい笑ってしまう。

「待たせたな」

天王寺は、ラウンジのテーブルで待機していた志乃のところに戻ってきた。手には保証書と伝票らしきものを持っている。

志乃はごくりと唾をのみこんだ。いったい、幾らと言われるのだろう。

「来てくれてサンキュー、で三万九千円だって」

「は？」

「こんなオヤジギャグ、何度も言わせせんなよ」

天王寺は無表情のまま、メガネの金額が書かれた伝票を志乃の顔の前に突きつけた。

確かに伝票には、いま言った値段が書いてある。ちなみに内訳を見ると、レンズは片眼一万五千円らしい。つまり、このフレームが格安なのだ。

「いくらなんでも安すぎない？」

「店長がわがままだから、気に入らない客には絶対に売らない。でもこの人に使って欲しいと思ったら、あげてもいいくらいの気持ちでいる。店長がすすんでハーブティーを淹《い》れたくらいだ。おまえのことは相当気に入ったんだろう」

わがままというのは店長のことだったのか。そしてあのおいしいベルガモットのハーブティーは、店長が淹れてくれたものだったとは。

「あったかい店だね。安くしてもらったから言ってるんじゃないよ。お店のメガネも、窓のステンドグラスも、家具も、動物の置物も、なんだか温度がある。見えない光で作られた繭《まゆ》の中にいるみたいに、ものすごくほっとできる」

「……そうか。おまえには、そう感じるんだな」

天王寺は、なんだか嬉しそうだった。

「店長にお礼を言わせてほしい」と申し出たのだけれど、「あの人、変わってるから無理」と拒否された。こいつもたいがいおかしな奴だと思うが、そいつに変人扱いされる店長って、どれほどだ。

二回の分割払いにしてもらい、会計を済ませる。そして店を出ていく段階になって、そういえば『壁ドン』とやらはどうなったのだと思い出す。

まあ、あれだけ割引してもらったわけだし、それだけで大、大、大満足である。

追加で壁ドンまでされたとなればバチが当たりそうだし、そもそもそんなサービスは拒否するつもりでいた。

志乃は「ありがとうございました」と挨拶したあと、体の向きを変えてドアノブに手をかけた。すると、ドンッという音とともに木製ドアの表面に大きな影ができた。

一瞬、なにが起きたかわからなかった。

頬から五センチほどのところに、筋張った手の甲がある。すぐ脇に、肘までまくられたワイシャツの袖が見えた。

状況を理解したとたん、全身の血が頭にのぼった。膝から力が抜け、がくりと崩れ落ちそうになる。

背中にあたたかな体温を感じる。天王寺がうしろから腕を伸ばし、右手をドアについて志乃の体を閉じこめているのだ。

驚いて振り向こうとすると、それを阻むように左側もドンと腕でふさがれた。

「……調子が悪くなったら、いつでも来いよ」

耳もとでぼそりとささやかれ、体中の血液が沸騰《ふっとう》しそうになった。頭のてっぺんに天王寺の長い前髪が触れている。

志乃は動揺を隠すように、わざと声のトーンを上げてからかうように言った。

「それって、メガネだけじゃなくて、心の健康状態が悪いときでもOKってこと？」

すると、背中に感じていた体温がすっと遠ざかった。

「調子に乗るんじゃねえよ、ボケ」

天王寺の声が、不機嫌なものに戻った。

志乃は体の向きを変えて、天王寺の姿を仰ぎ見る。ぶっきらぼうな態度のメガネの店員は、長い前髪で表情を隠すように、斜め下を向いて真っ赤になっていた。

ヤバい。これはツボる。

イケメンの照れた顔は、彼氏のいない枯れたOLのハートを瞬殺するのに十分すぎるほどの威力を発揮した。

しばし沈黙が漂う。すると天王寺が、志乃にとどめのセリフを放った。

「……そんときは、メガネのクリーニングをしながら話を聞いてやるよ」

こんな甘いセリフをじかに聞く機会なんて、この先ありえるだろうか。

天王寺はすでに愛想のない店員の姿に戻っていたが、まだ耳の上だけがほんのりと赤く染まっていた。

志乃の顔に、天王寺がふたたび手を伸ばす。そして髪の毛を指ですくって耳にかけると、新しいメガネの位置をもう一度確認した。

「要するに出会いなんだよな、人もメガネも。こいつを大事にしてやってくれ」

メガネを〝こいつ〟呼ばわりするあたり、どれだけメガネ愛にあふれているのだろう。

「もちろんだよ。このメガネだって、私に使われてこそ魅力が増すってものよ」

「そうか、そうだよな。人があってのメガネだもんな」

素直に肯定されると、それはそれで調子が狂う。

愛おしそうにフレームを撫でていた天王寺は、志乃の視線に気がつくと、慌てて肩をつかんで志乃を〝回れ右〟させた。

「用が済んだら、さっさと出てけ」

ほんとにもう。この先、客商売としてやっていく気があるのか。

志乃は心の中で苦笑する。

天王寺は志乃をぐいぐいと店の外に押し出すと、「ありがとうございました」と素顔に近いほほ笑みを浮かべた。

最後の笑顔は、メガネではなく、はっきりと志乃に向けられていた。

志乃は日差しのやわらいだ秋の街を歩きだす。

踏切の向こう側、高台にある東普那町の家の屋根がきらめいているのが見えた。

ここから見れば、あの古い街だってなかなかのものじゃないか。

新しいメガネで見る世界は、どこもかしこも淡く輝いていた。空はどこまでも青く、赤や黄に色づいた葉は、気づかなかった季節の移り変わりを志乃に教えてくれる。

——新しいメガネは、きっといままで見えなかった世界を見せてくれるはずだ。

天王寺の言葉が心の中でリフレインする。

厳しい言葉の裏に隠された、上司のやさしさ。

近すぎて見えなかった、故郷の美しさ。

いままで見落としてきた、自分の個性。

そんなことを、新しいメガネは気づかせてくれた。

志乃はバッグの中から手鏡を取り出し、自分の顔をあらためて眺めた。

今朝までのさえなかった二十四歳の自分は、淡い金色のメガネに彩られ、とても晴れやかな顔をしていた。

第2章

そんな歪んだ執着をメガネにもつな

浦田志乃は、優雅な気分でマグカップに口をつけた。窓から降りそそぐやわらかな日差しを受け、カップがキラキラと輝いている。ターコイズブルーの蔦模様が美しい。中身がインスタントコーヒーなのは残念なところだ。お歳暮でもらったのが大量に残っているからと、父も志乃も、母から半強制的に消費させられている。

四半期の決算を終えてようやく得た休日を、志乃は退屈に過ごしていた。

活火山のごとくたぎっていたアドレナリンは、ひと晩眠るとすっかり落ち着いた。少し前までの自分なら、英気を養うという名目で、ひたすら惰眠をむさぼっていただろう。けれど最近、家でじっとしているのがもったいないと思うようになった。

目標、脱ゆとり。遅ればせながらの自分磨きだ。

映画でも観ようか、買い物にでも行こうか。それともカフェ？　〝行きたい場所リスト〟を頭の中で思い描くが、どれもいまいちピンとこない。

――やっぱりあそこしかないな。

志乃はメガネケースをバッグに入れ、ウエスタン風のロングスカートをひらりとなびかせ部屋を出た。

志乃の住む東普那町の隣にある西木小井エリアは、駅ができると同時に開発が進んだおしゃれな街だ。

そこで見つけた『眼鏡店Ｇｒａｎｚ』。二週間前にオープンしたばかりの小ぢんまりした隠れ家的な店で、志乃は仕事の行き帰りにちょくちょくこの店の前を通るようになった。

メインストリートのひとつ裏手にあり、看板も緑に埋もれてひっそりしているが、外観も内装も志乃の好みのどまんなかで、並んでいるフレームのセンスもいい。

先日この店で買ったメガネを、志乃は大切に使っている。

デスクワーク用にとしつらえたものだが、気に入って普段もかけるようになった。

以前使っていた度の強いメガネは、たとえば運転するときや社内ミーティングのときのような、遠くをしっかり見なくてはならない場面でのみ使うようにした。視覚の変化に慣れるまで少々時間はかかったけれど、いまでは快適なメガネライフを送っている。

ただ、ツーポイントのメガネは、パーツの隙間にクリーナーでは拭き取れないような汚れがたまりやすい。なので、大切に使ってはいるものの、定期的なメンテナンスが欠かせないのだ。

晴れやかな日曜の午後。少し遅めのランチをオープンカフェでとったあと、ほんのりと色づきはじめたプラタナスの並木道を、志乃は優雅な気分で歩く。

庭木に埋もれた三角屋根の建物が見えてきた。眼鏡店Ｇｒａｎｚだ。

『わがままな眼鏡店です』と書かれたイーゼルはオープンのときから変わらないが、『開店セール中』という文字は早々に消えていた。

ふうん、あれはもうやらないのか、と志乃は最初に来たときのことを思い出し、得をしたような、それでいて残念なような愉快な気持ちになる。

ステンドグラスのはまった木の扉を手前に引くと、正面右手のカウンターに、すらりとしたメガネの男性がいつものように立っていた。

「げ。また来たのかよ」

志乃の顔を見るなり、黒いエプロンを身に着けた店員は、端整な顔を露骨にしかめた。右手の人さし指を立て、志乃はチッチッチッと口もとで振る。

「お客さまが来たら『いらっしゃいませ』でしょ？」

「客？　どこにいるんだ。俺には見えないな」

「残念だわあ。若いのに、もう老眼が始まってるのねえ」

「うるせえな。声がでかいのも老化の始まりだって聞くぜ」

この素敵な眼鏡店における、たったひとつの問題点。それは店員の態度が、超がつくほど悪いということだ。

長めの前髪を七三に分け、立体感のある黒縁メガネをかけた細身の男は、名を天王寺一矢という。少女マンガの主人公のような名前で、おまけに見た目もかなりの美形であるが、このとおり、すこぶる口が悪い。

「アフターサービスをするのは店の義務でしょうが。メンテナンスをしに来るお客さまも、ちゃんともてなしなさいよ」

「はいはい、いらっしゃいませ。——しかし、毎週ヒマだな」

「わざわざ時間をやりくりして来てるのよ。それともなに？　あんたは自分が販売した大事なメガネを、粗末に扱われても平気なわけ？」

メガネの話を持ち出され、天王寺はぐっと言葉を詰まらせた。

この男、接客態度は最悪だが、メガネへの愛情は人一倍深いのである。

クリーニングをしてもらうあいだ、棚に並んでいるキラキラしたメガネの細工を眺める。きれいなものは、心の栄養剤だ。

ひととおり棚を見終えると、志乃はいつものようにラウンジの椅子に腰掛けた。

窓から見えるのは、シンボルツリーのシマトネリコと、樽形のプランター、そしてプラタナスの並木道を行き交う街の人の姿。

ひさし代わりのパーゴラの下に、水色のマウンテンバイクが停めてあった。

そういや、西木小井駅前でときどきすれ違う高校生も、こんなのに乗ってたな。男子のあいだで流行《はや》っているのかもしれない。

「茶でも飲んで待ってろ」

天王寺は、ティーカップを乱暴にテーブルの上に置いた。紅茶に浮かべられたミントの葉が大きく揺れる。言葉遣いと同様、態度も乱暴だ。

「っていうかさ、さっきから気になってたんだけど、どうしてこの鳥は転んでるの？」

天井からぶらさがった真鍮《しんちゅう》製の鳥かごには、羊毛フェルトでできた青い鳥が入れられていた。いつもは止まり木に両足をつけて立っているのだが、今日は横倒しになって片隅に転がっている。

「掃除したとき、鳥かごに頭をぶつけたからな」

「じゃあ直しなよ！　かわいそうじゃん」

「めんどくせえな。おまえがやれ」

ああもう！　と言いながら、志乃は椅子に乗り、鳥かごに手を突っ込んで、小鳥の体勢を整えてあげた。意外とこういうのが気になる性格なのだ。

よく見たら、店に並べられたメガネも適当なほうを向いている。

「あれも直していい？　許せないんだよね、均等に並んでないのって」

「勝手にやっていいぞ。店長もおまえなら文句を言わないだろ」

「やった！」

急いで紅茶を飲み、志乃は立ち上がって腕まくりをした。そして、うきうきしながら窓際にあるガラス棚に向かっていく。

「頼んだぞ、一日店員さん」

天王寺は大きな手のひらで志乃の頭をポンと叩き、カウンターの奥にあるスタッフルームへと消えていった。


金色、銀色、べっ甲、艶《つや》のあるカラフルなプラスチック。

大きさや色合いも考えながらメガネを並べるのが楽しい。

天王寺はメガネ愛は強いようだが、どちらかというと加工やメンテナンスが得意で、商品のディスプレイにはこだわりがないようだった。

もったいない。私がここの店員なら、毎日並べ替えて、すべてのメガネにキラキラした光を当ててあげるのに。

鼻歌まじりにメガネの配置を整えていると、チリンとドアが鳴り、客が入ってきた。

志乃は視線を店の入り口のほうへ向ける。客は五十代半ばくらいの中年女性と、三十前後と思しき女性のふたり連れだった。親子だろうか。メガネをかけた顔立ちがどことなく似ている。

母娘というのは大まかに二種類に分けられる、と志乃は思っている。双子みたいに見た目も性格もそっくりな、仲よし一卵性母子タイプ。それと、娘が母の支配下にあるような上下関係のはっきりしたタイプだ。

ごくまれに、古きよき昭和時代を思わせるような尽くし系の母親も見かけるが、どちらかというと年配者に多い。亭主関白を気取る男性が減り、強くてたくましい女性が台頭してきた結果だと思われる。

このふたりは、立っている位置も隣ではなく前後だ。タイプ的にはおそらく後者だろう。母親のほうは、PTA役員を彷彿とさせる迫力があった。ショートカットの髪はきれいにセットされ、華やかなアプリコットカラーのスカートをはいている。

フォックス型、いわゆる両サイドが吊り上がった猫目のフレームには、豪華なガラス細工のストラップがかけられていた。いかにも〝ざぁます系〟のマダムだ。

一方、娘はかなり地味である。背中まであるストレートの黒髪をひとつにまとめ、まんなか分けにした額から前髪がひと房だけ落ちている。大きな黒縁メガネで表情はよく見えないが、なんだか薄幸そうだ。

シルクのブラウスのボタンは、きっちり上まではめられている。逆に膝下丈のスカートは、サイズが合っていないのか腰まわりがだぶついていた。

志乃とは逆の意味で女子力が低い。母親のほうもまた、〝トレンド〟とは縁遠いファッションではあったが。

顔の基本的な構造は似ているのに、着るものや髪型でずいぶんと差が出るものだなあ。

そんなことをぼんやり考えながら入り口のほうを見ていた志乃を、「ちょっとあなた、ちゃんと接客してちょうだい」と母親のほうがいらだったようににらんだ。

勢いに押されるような形で、志乃は「いらっしゃいませ」と頭を下げる。

——私、店の者じゃないんですけどね。

そんな言葉は、やたら迫力のある客を前に出てこなかった。

「あなた新人？　いつもの店員を呼んでちょうだい」

「……こちらで少々お待ちくださいませ」

とりあえずふたりをラウンジに案内し、椅子を勧めた。志乃は飲みかけていたミントティーのカップを手に、カウンターの奥にあるスタッフルームへと向かう。

勝手に入るのはまずいだろうか。けれど天王寺が奥から出てくる気配はない。

もしかしたら、来客に気がついていないのかもしれない。とりあえずお客さまが来たことだけ伝えよう。

扉を開けると、工房のような広いスペースに出た。

十畳ほどの板張りの部屋で、天井部分は吹き抜けになっている。左右それぞれに横長の作業机があり、右側には糸のこや研磨機のような大型の機械が、そして左側にはコンピュータと連動した装置や顕微鏡、細かなパーツが収められた棚が並んでいた。

部屋の端には、角度の急な手すりのない階段があり、店舗の真上の部分にあたる二階へとつながっているようだ。

天王寺は大きなゴーグルをはめ、右側の作業机で工具を片手になにやらしていた。左側の机の上には、志乃のメガネがきれいにクリーニングされて置かれている。

作業が済んでいたのなら、さっさと声をかけてくれたらよかったのに。

「お客さまが来てるんだけど」

「知ってる」

天王寺は丸椅子を回転させ、志乃のほうを向いた。ゴーグルをひょいと上げ、額にポコンとのせる。

メガネは七難隠すと個人的に思っているが、天王寺は素顔もやはり美形だった。

「悪いんだけどさ」

「……なに？」

「しばらく、あのオバサンの相手してて」

「はあ？」

こっちだって客なんですけど。

そんなふうに目で訴えてみたが、天王寺は無表情のまま「わざわざ変な顔してみせなくても、普段から笑える顔だから安心しろ」と暴言を投げつけ、ふたたび椅子を回転させた。

いつのまにか反対側の作業机に、ふたつのティーカップののったトレーが置かれている。

天王寺と話をしているうちに、店長がご丁寧にお茶を淹れてくれたらしい。

紅茶は貴子と美貴のふたり分だろう。ということは、やはり志乃は店員扱いか。

まったくどいつもこいつも。

志乃は仕方なく、店員ごっこを続行することにした。


「きゃあぁぁぁ！　一矢くぅぅん!!」

無理やり天王寺を引っ張って店のフロアに戻ると、アイドルの出待ちみたいな光景に出くわした。

天王寺は、「勘弁してくれ……」とうんざりしたように頭を抱える。

声の主は、さっき来店した親子連れの〝親〟のほうであった。彼女は上気した頬に手のひらを当て、目を潤ませて天王寺に熱い視線を送っている。

ＰＴＡ役員か、はたまたベテラン教師かと見まがうほどの風格をもったオバサンが、まさかの恋する乙女である。

「このあいだはありがとうね。一矢くんに選んでもらったメガネを見るたびに、あのときの熱い抱擁を思い出しているのよ」

「抱擁……？」

志乃は振り返り、天王寺の顔を凝視した。

人の好みはそれぞれだが、これはさすがにマニアックだろう。でも、愛は国境も年齢も、ときには性別さえも超える。とやかくは言うまい。

天王寺が青ざめた顔をして、首と両手をぶるぶると振った。

「違う！　開店サービスのあれだ！　おまえにもやったろうが！」

そういえばこの店では、オープン記念に『壁ドン』だの『机ドン』だのというサービスを行っていた。

どうやら、このオバサンにも壁ドンサービスをしたらしい。

仕事とはいえ、気の毒に。

「おまえ、顔が笑ってるぞ」

「え？　うそ」

口もとを押さえながら必死で笑いをこらえる志乃を、天王寺はぎろりとにらんだ。

不憫《ふびん》だとは思う。けれど、そのときの天王寺の様子を想像すると、どうしても笑いが込みあげてくるのだ。

奥のスタッフルームから取ってきたカルテを見て、天王寺が客の名前を確認する。母親のほうは磯部《いそべ》貴子《たかこ》というらしい。

「今日は娘の美貴《みき》のメガネを選んでもらおうと思って」

不機嫌さを隠そうともしない天王寺の態度など気にもとめず、貴子はコロコロと上機嫌に笑った。

この店のメガネを（というより店員の天王寺のことを）気に入った貴子が、娘にも勧めることにしたらしい。

ポンポンと買えるような値段じゃないのに。壁ドン効果、おそるべし。

さて、こっちはなりゆきを見守りながら、紅茶の続きでも楽しませてもらいますか。

志乃は傍観者気分で、カウンターの端に置いていた自分用のティーカップに手を伸ばした。けれど次の瞬間、殺気にも似た視線を感じ、手が止まった。

「なにやっているんですか？　浦田さん」

「……なんでしょう？」

「美貴さまに合うようなフレームを選んでさしあげて」

「はい？」

なんだこいつ、丁寧な話し方もできるのではないか。いや、突っ込むべきところはそこではない。何度も言うが、当方も一応、客なのである。

「なんで私が」

客の親子に聞こえないように、志乃は小声で天王寺に尋ねた。

「いいから、話を合わせろ」

天王寺はにっこりと笑顔をつくりながら、脅すような低い声で言った。

「向こうはおまえのことを店員だと勘違いしている。誰のせいだ？　おまえだろ。店員のふりをして棚の整理をしていたんだからな。責任を取れ」

「そんな無茶な」

店員ごっこをしていただけなのに、お客さまのメガネフレームを選ぶなんて無謀な話だ。それに、騙すようで罪悪感もある。

「いいから、真心《まごころ》を込めて接客しろ」

真心だと？　おまえが言うな。

心の中で再度ツッコミを入れるが、有無を言わさぬ天王寺の眼圧に押され、志乃はしぶしぶ承諾した。


あらためて、女性客ふたりに視線を向ける。

チーターとガゼル。ふと、そんなイメージが浮かんだ。

母親の貴子は髪の毛を明るめの茶色に染め、ところどころにシルバーのメッシュを入れていた。太いアイラインは目尻の先できゅっと上がり、歌舞伎役者のようだ。

ピンと伸びた背筋と凄《すさ》まじい眼力。声も重低音で、ラスボス感にあふれている。

一方、娘の美貴は表情が乏しく、母親と店員たちのやりとりを聞いても頬の筋肉ひとつ動かさない。アフリカのサバンナで、肉食獣に見つからぬよう、じっと気配を殺している草食動物みたいだ。

困ったな。この娘さんにメガネを選ぶとなると、どんなものがよいだろう。

捕食者に狙われないような保護色を薦めるべきだろうか。それとも相手を威嚇《いかく》できるように、派手なもの？

「この子は顔が地味だから、華やかなフレームがいいわね。そこのあなた、棚のいちばん手前のやつを取ってちょうだい」

チーター――母親の貴子が指さす場所を見ると、テンプルに紋章のようなマークのついた黒光りするメガネが置いてあった。羽を広げたチョウのような形で、上下の幅があり、インパクトのあるデザインだ。そのまま仮面舞踏会にも行けそうである。

だが、派手なだけじゃなく、優雅な美しさがあった。クロアゲハのように艶やかで、華やかさの中にも品格がある。さすがはＧｒａｎｚのメガネだ。

「美貴さまも、こちらでよろしいですか？」

「……なんでもいいです」

美貴は自分のためのメガネだというのに、ちらりと一瞥したただけで、紅茶を飲み続けている。さほど興味がないみたいだった。

なるほど。なんとなくだが、事情が読めた。

娘のほうはいまの黒縁メガネに不便さを感じていないし、新しいものに変える気もない。けれど天王寺を気に入った母親に押し切られ、しぶしぶメガネを新調することに同意したというところだろう。

ただ、貴子が娘に新しいメガネを勧めたくなる気持ちもわかる。

いま彼女の使っているメガネは、なんの飾り気もない太い黒縁のプラスチック製のものだ。これはこれでファッションとして通用するのだが、少々野暮ったくもある。

「大丈夫ですよ。新しいメガネを作ったからといって、古いメガネを捨てるわけじゃないですから」

天王寺がなにも言わないので、志乃が代わりに説明をする。

「そうなんですか？」

「もちろん。私もそのときどきで使い分けていますし」

最近はここで買った金糸のツーポイントメガネをかけることが多いが、会議のときや映画を観るときなど、遠くの細かな字を読まなくてはならない場面では、度の強い銀縁メガネのほうを使っている。

美貴は、ほっとしたように表情をゆるめた。平凡な黒縁メガネだが愛着があるのだろう。

「ちょっと失礼しますね」

志乃は、美貴の座っている椅子の前でしゃがんだ。

美貴は一瞬びくりと体を震わせたが、メガネを見られているのだとわかると、顔をこわばらせながらも肩の力を抜いた。

志乃は、メガネの奥にある美貴の目を正面から見た。

メガネをかけたときのバランスは、レンズの中央に瞳がくるのがよしとされる。けれど、作ってから時間が経っているのか、彼女のものはバネがゆるんで下がり気味だった。

でもよく見たら、美貴はくっきりした二重で瞳の色も濃く、きれいな目をしている。そして肌がきめ細やかで絹のようだ。

卵形の輪郭、透明感のある肌。大きなメガネで隠しているのがもったいないくらいの肌つやではないか。

おまけに、スカートから出ている脚は細くて長い。猫背になっているのではっきりとはわからないが、スタイルはかなりよさそうだ。

肉食動物に食べられているイメージの強いガゼルだが、そういえば角がしゅっとして美しく、くりくりしたかわいい目をしていたなと思い出す。

厳しい野生の世界で生き抜くための、機能的な美。

どんなメガネだったら、彼女の魅力を引き出せるだろう。センスを試されているような気がして、志乃は燃えた。

だてに、この店に通い詰めているわけではない。どの場所にどんなメガネが置かれているかなんて、すっかり把握済みだ。

ガラス棚から二点、これはと思うものをチョイスする。

上半分にのみ細いフレームのついたハーフリムの楕円形のメガネと、スクエア型だが角にやわらかな丸みのある、大きめのフォルムのものだ。

色はハーフリムがピンクゴールド、スクエア型は上から下に、ラベンダー色がグラデーションで薄くなっている。素材はどちらも金属で、テンプルの部分に繊細な彫刻が施されていた。

この店のメガネは、王冠や蔦模様などといったゴシック調のデザインがされているのが特徴だ。志乃のかけているメガネのように、極細の金属で編み細工をしているものもある。

たとえ男性用であっても、ただのモノトーンではなく、どこかにワンポイントの仕掛けがしてあった。

おそらくすべて、この店のオリジナルなのだろう。だから値段もそれなりにする。

人様《ひとさま》のメガネを選んでいるはずなのに、志乃は自分のことみたいにわくわくした。このメガネが、人に使われて輝く姿を早く見たい。

志乃は、貴子の指定した黒いバタフライ型と、新たに選んだ線の細いふたつのメタルフレームをトレーにのせてテーブルに置いた。

美貴はまず、ピンクゴールドのハーフリムをかけた。

けれど、ガラス棚の上ではキラキラしていたフレームは、肌の色と重なった瞬間、輝きを失った。

「あんまり、ぱっとしないわねぇ」

イマイチ、と貴子が片方の眉を上げる。顔の色にピンクゴールドが溶けこみすぎて、テンプルの細工が目立たなくなってしまうのだ。

そうか。フレーム自身のデザインが優れていても、人によって合う合わないがあるのだ。

メガネの世界というのは、奥が深い。

美貴は無表情でメガネをはずすと、次に貴子セレクトのメガネフレームを試した。全体が太いプラスチックでできている、自己主張の強いメガネだ。

遠目から見るとシンプルな黒に見えたが、光に当たると芯の部分が紫色に透ける。派手さの中にも上品さがあるデザインだ。

……だが、メガネの豪華さに顔が負けている。

貴子が希望する〝華やか〟という部分は満たしているが、美貴の個性、つまり瞳のきれいさや肌つやのよさが隠れてしまう。

すると天王寺が、「貴子さまも試してみてはいかがですか？」と母親のほうに勧めた。

「あらそう？」

貴子が目を輝かせた。どうやら自分のほうが欲しくなってしまったらしい。

実際、かけてみると、なるほど、貴子にぴったりであった。

派手な顔と派手なメガネ。濃い印象になると思いきや、サイドの豪華さに比べてフロント部分はシンプルで、顔つきをやわらかくしてくれる。

「よくお似合いですよ」

天王寺が褒めると、貴子がぽっと頬を染めた。

「じゃあ、これは私がいただこうかしら」

「ありがとうございます」

即決か！

天王寺、おぬし、なかなか商才があるな、と感心しかけて、そういえば自分も運命に導かれるようにしてこのメガネと出会ったのだな、と思い出す。

人がメガネを選ぶのか。それともメガネが人を呼ぶのか。

――残すはラベンダー色のフレームだ。

これは志乃自身も心惹かれていた。もうひとつメガネを買う余裕があるならば、これが欲しいなと思ったほどだ。

レンズの形はオーソドックスだが、フロントサイドのつなぎ目部分が、まっすぐではなくS字状になっている。メガネフレームというのは、直線と曲線のバランスが命だ。このフレームは、それが絶妙だった。

美貴はメガネのテンプルに指を添え、ゆっくりと耳にかけた。

「わあ！　よくお似合いですよ！」

最初にかけたピンクゴールドのフレームは色が淡すぎたが、今度は派手すぎず地味すぎず、ほどよく顔に馴染んだ。細いリムが、美貴のくっきりした二重のシルエットを損なうことなく、素顔の美しさを引き出している。

角や耳をピンと立て、草原で凛とたたずむガゼル。あの動物も、オレンジの体毛に白や黒の模様がバランスよく配色されているからきれいなのだ。

「そうだ、よかったらスマートフォンで写真をお撮りしましょうか？　度の入っていないレンズだと、かけた感じがよくわからないですよね」

「あら、いいわね」

ポンと手を打ったあと、母親の貴子がバッグの中からスマートフォンを取り出した。

志乃はそれを受け取り、「はい、撮りますよ」とシャッターボタンを押す。

角度を変えながら何枚か写真を撮ったあと、手持ちの黒縁メガネにかけ替えた美貴にスマートフォンを渡した。

「いかがですか？」

美貴は画面をじっと見つめ、かすかにほほ笑んだ。どうやら気に入ってもらえたようだ。

「これにしたら？　いまの古くさいメガネより断然いいと思うわよ」

「古くさいメガネ……？」

急に美貴の顔つきが変わった。殺気を感じた草食動物のように、緊張感を全身に張りめぐらせる。

「そうよ。この際だから言うけど、お母さん、そのメガネ大嫌いなのよ。せっかくかわいく産んであげたのに、そう黒縁メガネが美貴のよさを全部台無しにしてるじゃない。年頃の娘らしい素敵なメガネもたくさんあるのにねえ。なんであの人はこんなのを……」

美貴はスマートフォンの上で指をスライドさせ、撮ったばかりの画像を消去しはじめた。

そしてラベンダー色のメガネを乱暴に目の前から押しのけ、スマートフォンを母親に突き返した。

「おい、おまえ！」

店のメガネを雑に扱われ、天王寺がキレかけた。それを志乃が慌てて止める。

美貴の様子がおかしい。そして母親の貴子のほうも。

いまは第三者が動いちゃダメな気がする。なにかのはずみで、感情が決壊しそうだ。志乃は天王寺のワイシャツの袖をつかんだ。天王寺は視線を落とすと、わかってるよとでも言うようにため息をつき、肩の力を抜いた。

「気に入ったものがなければ、後日あらためていらっしゃったらどうですか？」

「ね」と志乃は天王寺に同意を求め、天王寺も「だな」とうなずいた。

とにかく空気を変えなければ。この緊張感は心臓に悪い。

貴子も気まずさを感じたのか、返されたスマートフォンを素直にバッグにしまう。

「今日は私のメガネだけにしておきましょう。美貴のはまた今度ね」

「……なのに」

聞こえるか聞こえないかくらいの小さな声で、美貴はつぶやいた。

「なんて言ったか聞こえなかったわ。もっとはっきり話しなさいと、いつも言っているでしょう？」

貴子は娘をたしなめた。すると美貴は視線を上げ、挑むように母親の顔を見据えた。

「じゃあ言うわ。いつ来ても同じよ。新しいメガネなんて要らない。どうしてお母さんの好みに合わせなきゃいけないの？　私はお母さんが大嫌いなこのメガネが好きなの。これ以外はかけたくないわけ。それともなに？　そこの若い店員に媚《こび》を売りたいの？」

まずい！　そう思ったが、遅かった。

「なんですって？」

貴子の顔色が、怒りと羞恥《しゅうち》で真っ赤になる。

美貴は意地悪く笑った。

「いい年して目の色変えちゃって。みっともない」

かっと目を見開いた貴子の手が、美貴の頬に飛んだ。かけていたメガネが床に転がる。

「お客さま！」

止めに入った志乃の腕を振りほどき、貴子は床に落ちたメガネをパンプスのかかとで踏みつけた。

——ひえぇぇぇ……。

志乃は声にならない叫びを上げた。そして天王寺の顔を見て、さらに背筋を凍らせた。般若《はんにゃ》かナマハゲか、はたまたナワバリを荒らされて牙《きば》をむくトラか。そんな恐ろしい形相で、天王寺は踏まれたメガネを凝視している。

美貴の黒縁メガネは、骨折したガゼルの脚のようにあらぬ方向に曲がっていた。

——ああ、殺《や》られちゃったよ。

チーターに殺されて、引きずられていくガゼルをテレビで見たときのような、やるせない気持ちになる。

無残だ。見るに堪えない。

「……こんなメガネ、捨てなさいよ。似合わないのよ！」

ひりつくような母親の声を聞いても、美貴は動じない。志乃の目には、ふたりの立場が、すっかり逆転してしまったように映った。

店の中はしんと静まり返り、興奮した母親の激しい呼吸音だけが響く。叩かれたはずの美貴のほうが、逆に冷静だ。

母親に向かって「店員に媚を売る」だの「みっともない」だのとはっきり言ってしまえるのだから、美貴もおとなしいのは見かけだけで、内側には母親に負けないくらいの気性の激しさをもっているのかもしれない。

それにしても気まずい。こんなシーンを目撃する羽目になるのなら、店員ごっこをしていないでさっさと帰るべきだった。

本来なら、ここは天王寺がフォローするべき場面だ。けれど、あと少しで沸騰するんじゃないだろうかと思うほど、天王寺も怒りで全身をピリピリさせている。

これ以上刺激したら、先にこいつのほうが爆発しそうだ。

とりあえず、哀れな姿になりはてたメガネを、先にどうにかしよう。

志乃は「失礼します」と床にしゃがみこんだ。我《われ》に返った貴子が、メガネの上から足をどける。

「……見事にボッキリいってますねえ」

おそるおそる、志乃は怒りで飽和状態になった天王寺に問いかけた。

「これって修理できるの？」

志乃にとって、メガネというのは一生もので、壊れたからゴミ箱にポイ、というシロモノではない。できれば、なんとかしてあげたい。

美貴も不安そうに、志乃と天王寺の顔を見比べる。

けれど天王寺の態度は冷たかった。

「絶対にやらねぇ」

丁寧な態度の仮面ははがれ、すっかりいつもの口調に戻ってしまっている。

だが、天王寺の怒りももっともだ。もし自分が天王寺の立場だったとしても、目の前でぞんざいに扱われたメガネを、わざわざ修理してやろうとは思わない。

すると貴子がバッグの中からブランドの長財布を取り出し、一万円札を十枚、テーブルの上に叩きつけた。

「修理しなくて結構です。これで適当なメガネを娘に作ってやってちょうだい」

強い口調で言い捨てると、貴子は背中を向けて店を出ていってしまった。

嵐が去り、店の中に気まずい空気だけが残る。

やれやれ。メガネのメンテナンスに来ただけなのに、とんでもないことに巻きこまれたものだ。

「えっと……、まずは座りましょうか」

こっちは客なのだし、トラブルの処理をするのは天王寺の仕事だ。でも、放っておけない。

メガネがないときの不安定な気持ちを、志乃はよく知っている。まったく見えないわけではないのだが、風景がぼんやりして心もとないのだ。

美貴は新しいメガネを購入するつもりはなかったようだが、度の入ったこれまでのメガネが壊れてしまっては仕方がないとあきらめたようだ。

「……さっきのラベンダー色のメガネにします」

消え入りそうな声で美貴は言った。

天王寺はなにか言いたげにしていたが、「お茶ふたつお願い」と志乃は、天王寺を店の奥に追いやった。

美貴と同様、あいつも頭を冷やす必要がある。

ふたりきりになり、志乃は「ふう」とため息をついた。そして自分も向かい側の椅子に腰掛けた。

「すみません、お騒がせして」

美貴が志乃に謝罪する。

叩かれた頬は痛々しいが、貴子や天王寺に比べたら、はるかに冷静な態度だった。それに母親がいなくなったことで、本来の自分を取り戻したようにも見えた。

さっきは縮こまっておどおどしていたのに、いまは背筋も伸び、凛としている。母親に言いたいことを言って、逆にスッキリしたのかもしれない。

「こちらこそ申し訳ありません」

志乃もぺこりと頭を下げる。

「じつは私、ここの店員じゃなくて、ただの客なんです。騙すつもりではなかったんですけど、なぜか美貴さんのフレームを選ぶことになってしまって。本当はシロウトなんです。ごめんなさい」

すると美貴は、慌てて両手を振った。

「先に勘違いしたのは母ですから。それにあまりにもお店に馴染んでいたので、私も店員さんだとばかり思っていました」

スタッフルームから戻ってきた天王寺が、新しく淹れ直した紅茶のカップをふたりの前に置く。

「店長お勧めの『オレンジフラワーティー』だとよ。不安やストレスを静める効果があるらしい」

ひと口飲むと、ほんのりビターだけれどやさしい味がした。いまの状況にはぴったりりかもしれない。

天王寺は志乃と美貴のあいだに立ち、腕を組んだ姿勢で黙っている。

美貴はトレーにのせられた、テンプルの折れた黒縁メガネにそっと触れた。

「選んでもらったメガネも素敵だと思ったんです。でもこれは、父が私の二十歳《はたち》の誕生日にくれた特別なメガネだったので……」

やがて美貴は、静かに事情を語りはじめた。

——十年前に亡くなった美貴の父親は、欧米文学の翻訳家をしていた。本の詰まった洞《どう》窟《くつ》のような書斎に引きこもり、辞書を片手に翻訳と執筆を繰り返す毎日だった。

出会いもなければ結婚の意欲もない。本人はそれでもよかったようなのだが、周りが心配したらしい。

父と母はお見合い結婚だったそうだ。

貴子は小学校の教師をしており、知性も教養もあった。とくに断る理由もなく、ふたりは結婚し、二年後に美貴が生まれた。ふたり目の子供には恵まれなかったけれど、父は娘をかわいがり、仕事を続けたいという妻の思いも尊重した。

父の葬儀のあと、美貴は何冊ものアルバムを父の書斎で見つけた。家族三人で撮った写真には、一枚一枚に手書きのメモが添えられていた。

美貴の父は、スクエア型の黒縁メガネを愛用していた。美貴は幼いころ、父の黒いメガネがお気に入りで、何度も触っては壊してしまったそうだ。

そのたびに父はメガネを修理した。新しいものに買い替えるよう、母に勧められても、けっして首を縦に振らなかったらしい。

「このメガネをかけていないと、美貴はお父さんだってわからないだろう？」

以前、メガネをはずした父親のことを、別の誰かと勘違いして、美貴が大泣きしたことがあったらしい。

『二十歳になったら、同じメガネをプレゼントして、そのときのことを美貴に聞かせてあげること』

子供のころの美貴の写真には、そんな言葉が添えられていた。

美貴は、黒いシンプルなメガネに込められた父の思いを知った。無口で気の利いたところなどなかったけれど、本当は家族に対する愛情の深い人だったのだ。

「——ただ、父には長年好きだった女性がいたらしいんです。父の大学の友人が、母に話してしまったことがあるそうで。三回忌の法要のとき、その女性がお焼香に来られて、母は戸惑ったような顔をしていました」

大学時代、父と同じ文芸サークルに所属していたというその女性は、黒縁のメガネをかけ、黒い髪をひとつに束ねた、しっとりした雰囲気の美人だった。

彼女は美貴を見るなり、懐かしそうに目を細めてこう言った。

『あらまあ、あのころの私にそっくり』と。

「――彼女に悪意はなさそうでした。ただ単に、化粧っ気もない地味な私を見て、自分の若いころみたいだと言いたかったんだと思います。私は県立図書館で司書をしているのですが、職場では派手さは求められないので、服装には無頓着で。ただ母はあのとおりですし、私の格好がひそかに不満だったようです。そんなとき、父が想っていたという女性があらわれ、昔の自分みたいだと言った……」

その女性の出現は、貴子の妻としての自信を揺さぶった。

自分は妻という肩書だけで、本当は愛されていなかったのではないか。夫は自分に対して感謝の気持ちがあるだけで、愛情は別の人に向いていたのではないか。

そんな心の奥に隠していた夫に対する不満や不安が、母の中で噴出してしまった。

父が黒縁メガネをくれた理由を美貴は知っていたし、もちろん母の貴子にも説明した。

けれど、貴子は聞く耳をもたなかった。

あの女と同じ黒縁メガネ。それを娘にもかけさせるなんて。

しだいに、美貴のメガネは母にとって憎しみの象徴になっていった。

それは嫉妬であり、父のことを母が愛していたという証拠だろうとは思う。だが、貴子の中で壊れてしまったなにかは、そう簡単には戻らなかった。

夫に向いていた愛情は、今度は美貴に対する過度な干渉という形に姿を変えた。そして失った自分の人生をやり直すかのように、いろんなことに関心をもちはじめ、お金を使い、若い俳優や歌手に色めきたつようになった。

「私には、もう美貴しかいないのよ」

美貴はそんなことばかり言う母親が重くて仕方なかったが、強く見える母にも弱いところがあるのだとあきらめた。

「――その女性は本当にお父さまとおつきあいをしていたんですか？」

「いいえ。父は大学時代、彼女に少し憧れていたみたいですけど。彼女は左の薬指に指輪をはめていましたし」

「でも、お母さまはそうは思っていないんですよね」

「はい……残念ながら」

気の強そうな貴子にも、そんなもろい一面があったのだ。

同情すべき点はある。けれど、それが美貴を縛っていい理由にはならない。

「ばかばかしいじゃないですか。思いこみで過去にとらわれているなんて。だから私、ずっとこのメガネをかけ続けることにしたんです。母に対するささやかな反抗です」

〝――それははたして、正しいことでしょうか〟

どこからか声がした。すると、それまで黙っていた天王寺が口を開いた。

「かわいそうだな」

天王寺は折れたメガネを手に取った。そして角度を変えながら、パーツのひとつひとつを確認していく。メガネ愛にスイッチが入ってしまったようで、「痛かったよな」とか「おまえに罪はないのにな」と、メガネに向かっていたわるように話しかける。

「直せるんでしょ？」

背中を押すように志乃は言った。このメガネが美貴にとって大切なものだということは、天王寺にも理解できたはずだ。

「折れたパーツだけを換えるのはお勧めしないな。メーカーからの取り寄せはできるが、フロント部分もだいぶ傷ついている」

そう言って天王寺は、レンズ回りを指でなぞった。

「リメイク、はどうかな。思い出の指輪やブローチなんかも、修理しながら親から子へ引き継がれていくって言うじゃん」

思いつきで言ったことだが、それを聞いた美貴が、ぱっと顔を輝かせた。

「……そうだな。リメイクならできそうだ。見た目の印象はかなり変わるだろう。それでもいいなら、俺が救ってやる」

なんの変哲もない、シンプルな黒縁メガネ。それがこの店でどんな魔法をかけられるのか、志乃は考えただけでわくわくした。

一週間後、留守番電話に天王寺からのメッセージが入っていた。

「例のメガネ、できたぞ」

志乃は、「待ってました！」と仕事中のオフィスで叫んだ。進展があったときには、絶対に声をかけてほしいと頼んでおいたのだ。

「おまえは偶然居合わせただけの単なる客だろうが」と、あのときさんざん店員扱いしたくせに、志乃の申し出を聞いて天王寺は迷惑そうな顔をした。だが、乗りかかった船である。最後まで見届けたい。

美貴は二日後の午後七時に、店に寄ることになったらしい。

志乃はその場に立ち合うべく、必死で業務をこなした。「あさっては絶対に残業しません！」と、課長やデザイナーの浜地にも宣言した。

「やることをやれば、べつになにも言わないけど」

できあがった書類に目を通し、確認印を押したあと、浜地は志乃を一瞥《いちべつ》してそっけなく答えた。

この浜地というプロダクトデザイナーのことを、かつて志乃は超がつくほど嫌っていた。仕事には細かいし、見た目やプライベートにも口出ししてくる。志乃のストレスは溜まりに溜まり、会社に行くのが億劫《おっくう》で仕方がなかった。

けれど、Ｇｒａｎｚで新しいメガネを買ったあと、浜地への印象が一変した。言い方がきついだけで、本当は部下思いの人間だということも知った。会社の中で浮きがちだった志乃の感性を、嫌いじゃないと言ってくれた。

だからちょっと、自信がもてた。

世の中のいろいろなことが、違う角度で見えてきた。それは不思議な経験だった。

美貴と貴子の関係にも、なにか変化があればいいのだけれど。

メガネひとつで、複雑に絡みあった親子関係があっさり解決するとは思わない。だが眼鏡店Ｇｒａｎｚは、ときに奇跡を起こす。


あれほど残業はしないと言ったのに、「関節が痛い……体がだるい……インフルエンザかも……」と言いだした社員を課長が慌てて帰らせたため、急ぎの仕事を志乃が引き継ぐことになってしまった。

「メガネのビフォー・アフターを見逃すわけにはいかない！」

積み重なった書類の数字を、志乃は鬼神《きしん》のごとくパソコンに打ちこんだ。

西木小井駅を出てダッシュをかける志乃に、テニスラケットのケースを背負った水色のマウンテンバイクの少年が並走する。

「ファイトー！」

振り返ってにっこり笑ったあと、少年はあっという間に行ってしまった。

ちくしょう。負けた。

午後七時。閉店まであと三十分というところで、志乃は眼鏡店に飛びこんだ。美貴も来たばかりだったらしく、「天王寺さん、リメイクしたメガネを取りに行っているところです」と優雅にお茶を飲みながら志乃に笑いかける。

「やっぱりそのフレーム、美貴さんに似合ってる」

美貴は、志乃が選んだラベンダー色のメガネをかけていた。元の黒縁メガネは修理に出さなくてはならなかったし、たとえコンタクトレンズを使ったとしても、絶対にメガネは必要だ。

「さてと」

志乃は美貴の隣の椅子に腰掛け、持っていたバッグの中から両手サイズのポーチを取り出した。ファスナーを開け、中の物をテーブルの上に広げる。

ファンデーション、チーク、リップグロス、大小さまざまなブラシ。

美貴は、ぽかんとしながら志乃のすることを眺めた。

「せっかくメガネもリニューアルすることだし、美貴さん自身も変身しましょうよ」

少々おせっかいかとも思ったが、美貴が自分の魅力に無頓着なのを、志乃はもったいなく感じていた。

美貴は「はあ……」と気の抜けたような返事をしたが、とくに拒絶反応はなさそうだ。

「それでは、こちらもリメイクさせていただきます」

志乃は美貴の前に店内にあった鏡を置いた。

コットンにクレンジングを含ませて、ファンデーションを拭き取る。美貴は目をつぶり、されるがままになっていた。

化粧をすべて落とすと、つるりとした肌があらわれた。まずは丁寧にベースづくりから始める。

下地クリーム、リキッドファンデーション、コンシーラー、パウダー……。

志乃は思うのだ。女性が化粧をし、きれいな服を身に着けるという行為は、けっして男性の目を楽しませるためだけのものではない。化粧をすることによって、女性は自分に自信ができる。服装で、ステイタスを上げることができる。

それは、狩猟民族が狩りの儀式のときに、全身メイクをして戦闘モードのスイッチを入れるのと似ている。

ときどき美貴が、目を開けて鏡に映った自分の顔をのぞきこむ。そのたびに、驚いたような、照れたような、いきいきとした表情に変わっていく。

そんな美貴の変化を見るのが楽しい。

「終わったか？」

しばらくすると、奥の工房から天王寺が出てきた。手にはメガネケースを持っている。

メイクを終えた美貴は、頬に手のひらを当てながら鏡をのぞきこんでいた。

「このメガネに負けないくらいには、見栄えもよくなったんじゃないか？」

やはりメガネのほうが上位にくるが、彼なりの褒め言葉なのだろう。

美貴はおそるおそるメガネケースに手を伸ばした。

ハードケースのふたを開けると、あらわれたのは、黒縁メガネではなかった。

「……これって、前と同じものですか？　ずいぶん印象が変わりましたね」

美貴が首をかしげる。

「リメイクすると言っただろう」

天王寺はあたりまえのように言ったが、美貴と同じように、志乃の目にもまったく別のもののように見えた。

以前のメガネは、黒いプラスチック素材のなんの飾り気もないものだった。けれどリメイクされたものは、表面にキラキラと光沢がある。

「なんだろう、この塗料」

一応は文具メーカー勤務なので、志乃もある程度は素材の知識があった。

土台はプラスチックのままだろう。けれど、素材そのものが変わったかのような錯覚を起こす。粒の大きいラメとは少し違う。シルバーのメッキを施したわけでもなさそうだ。

地の色は黒のようだが、パールのようなコーティングがしてあり、光の当たり方によって色味が違って見えるのだ。

美貴はケースからメガネを取り出し、うつむきながら自分の顔にかけた。そしてリムに触れ、驚きの表情を浮かべた。

「これ……同じです。色や肌ざわりは変わったけれど、かけたかんじも、見え方も、以前のままです」

天王寺は腕を組みながらうなずいた。

「折れたパーツは耐久性の問題があるから、メーカーに発注して交換した。それ以外は元のままだ」

天王寺は、どこをどんなふうにリメイクしたのか説明してくれた。

「表面の塗料はダイヤだ。ダイヤモンドパウダーを樹脂に混ぜて全体をコーティングした。テンプルの模様は、レーザーでうちの店長が彫った」

「ダイヤ……」

ちょうどこめかみにあたる部分にも、きらめく小石がはめこまれていた。おそらく本物のダイヤだろう。

テンプルには、直線と曲線が織り交ぜられたオリエンタル調の彫り物がしてある。見る角度によって、ピンクだったりシルバーだったりと、オーロラのように輝く。

「母親もたいがいだが、おまえも相当頑固な奴だよな。母親への意地？　そんな歪んだ執着をメガネにもつな。過去に縛られているのは母親だけじゃない。おまえもだろう」

歪んだ執着と言われ、美貴は口をつぐんだ。

「それに十年経てば、メガネも老いてくる。こいつだって静かに休みたくなるときもある」

あいかわらず客に対しては全然やさしくないが、メガネに対してはやさしい男である。

美貴のかけていたメガネは、デザインも少々古くさいし細かな傷もついていた。いくら大切に使っていても、毎日使えば消耗する。

天王寺はレンズをはずして、接合部分まですべてクリーニングしたそうだ。鼻盛り《ノーズパッド》も交換し、フレーム全体をコーティングすることで傷も埋めた。

「このメガネは、家族の不和を悲しんでいた。自分には、まだやるべきことが残っていると俺に語りかけてきた。だから手助けしてやることにした。あんたのためじゃない。メガネのためだ」

この男、メガネと会話までできるらしい。メガネ愛も、ここまでくれば病的だ。

けれど美貴の心には、なにか響くものがあったようだ。

「メガネがそんなふうに心配してくれていたなんて、まるで父の魂が乗り移っているみたいですね」

美貴はメガネをはずし、そのきらめきをまぶしそうに見つめた。

「……ゆうべ遅く、母はリビングで昔のアルバムをめくっていました。その背中を見て、ずいぶん老けたなと思って……。だから私、このあいだのこと、ちゃんと母に謝りました」

自分はそんなふうに、家族のあいだで素直に気持ちをぶつけ合ったり、謝ったりできるだろうか。

美貴の姿はもう、この店にはじめて来たときの、肉食獣におびえる草食動物のようなおどおどしたものではなかった。おそらく貴子も、そんな美貴の強さを見て、娘の成長を知ったのだろうと思う。

「ダイヤモンドって、地球上でいちばん硬い物質ですよね。だからダイヤを削るのは同じダイヤしかできないって聞いたことがあります。きっと人間もそうやって、磨き合っていくものだと思うんです」

正面からぶつかり合って、はじめて相手の中身がわかることがある。志乃と、天敵だった浜地の関係がそうであったように。

　天王寺は、志乃の言葉を聞いてうなずいた。

「ダイヤ同士で研磨することによって、あの硬い原石は形を変えることができる。だから
おまえも、もっともっと母親とぶつかって、錬成されていくといい」

　美貴は、にっこりほほ笑んだ。

「私、母と本音で話してみようと思います」


　閉店時間をとうに過ぎ、外は真っ暗になっていた。

　志乃と美貴が店を出た瞬間、天王寺はドアの札を『CLOSED』の側にした。

　客が帰るのを待っていましたといわんばかりの態度であるが、これが天王寺のデフォル
トなので気にしない。

「今日はありがとうございました」

　美貴が深々と頭を下げる。

〝今度はお母さんと一緒にいらっしゃい〟

　二階の窓のほうから、そんな声が聞こえた。どうやらこの店の主《あるじ》も、ふたりが変わって
いく姿を見守っていくつもりらしい。

　天王寺は一瞬嫌そうに顔をしかめたが、ため息をついてこう言った。

「そうだな。母親にも来るように言っとけ。このあいだはフレームを決めただけで帰って

しまったからな。ただし、絶対におまえも一緒に来い。母親ひとりでは来させるな。襲われそうになったら止めてくれ」

最後のひと言に、志乃と美貴は噴き出した。

「わかりました。今度は母と一緒にうかがいます。それと浦田さん、よかったら私に、化粧の仕方を教えてください」

「もちろん、よろこんで！」

街灯の明かりが、美しく磨かれた美貴の横顔を照らし出す。

ダイヤモンドをまぶしたテンプルが光を反射し、キラキラと輝く天の川みたいに見えた。

第3章

いいメガネとは、その人の個性や長所を引き出すものだ

世の女性の中には、メガネ男子のとあるしぐさに異常なときめきを抱く者がいる。

それは、メガネを〝クイッ〟と上げるしぐさだ。


――ある日、私は病院の待合室にいた。ここにはメガネの似合うカリスマ医師がいて、予約が取りにくいことで有名だった。

「浦田さん、どうぞ」

薄いブルーのカーテンが揺れる外来の診察室。電子カルテの光が、細いメタルフレームのメガネに映る。

真剣な表情でモニターを見つめる、童顔で天使のようにかわいい医師。ストレートの黒髪がキューティクルでキラキラしている。

彼は「うーん」とつぶやきながら眉間にしわを寄せ、長い中指でブリッジを押し上げた。

「お薬を変えてみましょうか」

医師はくるりと椅子を回転させ、蠱惑《こわく》的な視線を放った。

その瞬間、私の血圧は急上昇。呼吸が止まり、脈は速くなり、血糖値が下がってめまいで倒れそうになる。

天使なんかじゃない。ギリシア神話に出てくる、美の女神アフロディテと冥府の王の妻ペルセポネを虜にした、魔性の美少年アドニス――。

「先生！　お薬変えなくてもいいです！　できれば、このまま入院して、二十四時間おそばにいさせてください！」

私の声など聞こえていないかのように、医師の視線はモニターに戻っていた。

「一緒に頑張りましょう。お大事に」

挨拶代わりに、ふたたびクイッとメガネを押し上げる。そんな仕草がたまらない。

診察が終わったとたん、看護師に強制退場させられた。目をハートの形にした女性が待合室にずらりと並んでいる。この病院の患者は、イケメン医師の信者が八割を占めているらしい。

——また、こんなシチュエーションはどうだろう。

週末の活気あるオフィス。私はその日のノルマを終え、このあとネイルサロンにでも行こうかと、デザインに飽きてきた自分の爪を眺めていた。

すると突然、オフィスの奥の席から名前を呼ばれた。

「浦田くん、ちょっと」

顔を上げると、上司である課長がこっちに向かって意味ありげな視線を送っている。

課長はいつになく険しい顔をしていた。周りにいるほかの社員は、「例のアレじゃない？」とヒソヒソしながら私と課長の顔を見比べている。

なにかミスでもしてしまったのだろうか。それとも、いきなりの解雇通告？

時計を見れば、もう終業間際である。私はおそるおそる課長のデスクに近づいた。

彼は指を左右に広げ、メガネの両端に添えてクイッと上げた。冷たくきらめくスクエア型のレンズの奥から、剃刀《かみそり》のような切れ長の瞳がのぞく。

「なんでしょうか……？」

課長はボールペンの先で、トントンとデスク上の書類を叩いた。そして、メモ用紙になにかを書きはじめた。

『今夜、予定ある？』

メガネの奥の瞳がねだるようにきらめく。私の心臓は、水面から飛び出す小魚のようにぴょんと跳ねた。

――こ、これってどういう……。

かすかに首を傾け、課長は答えを促すように私の顔をじっと見つめている。

なんとなく、こうなる予感はしていた。迷っている場合じゃない。答えはひとつだ。

私は親指と人さし指で片側のレンズを挟み、メガネを上下に揺らした。

それは、ふたりのあいだで交わされるＯＫのサイン――。

「――まあ結局、『今夜残業できる？』ってオチなんですけどね。しかも課長、ぜんっぜんイケメンでもなんでもないし！　加齢臭のするオッサンだし！」

志乃はカウンターにこぶしを叩きつけた。隣で志乃の妄想劇場に聞き入っていた中年の女性が「ほほほっ」と上品かつ豪快に笑う。

「志乃ちゃん、枯《か》れ専《せん》？　渋いわー」

「違いますっ」

カウンターの奥で、立体感のある黒縁メガネをかけた男がくすりと笑った。なんでもないふりをして商品のメガネを拭いているが、しっかり聞き耳を立てていたらしい。

「でも、メガネを上げるしぐさにドキッとしちゃったんでしょう？」

光に透けると紫になる、ゴージャス感のあるバタフライ型メガネをかけた中年女性は、なおも志乃をからかい続けた。彼女の名前は磯部貴子という。

志乃は「うーん」と首をひねる。

「ドキッというか、ビクッというか。メガネをかけた人のしぐさに問答無用に心をわしづかみされる気持ち、わかりません？」

「わかります！」

突然、貴子の向こう側にいた三十前後の線の細い女性が会話に割りこんできた。貴子の娘の美貴である。

美貴は右手の人さし指を立て、パール色に輝くメガネのブリッジに触れた。

「思うに、メガネというのは知性をアピールするアイテムです。女性には、優秀な遺伝子を残したいという本能があります。賢いオスのにおい――それをメガネというアイテムから嗅《か》ぎとるのです」

「本能とかオスのにおいとか、まさか美貴さんの口からそんな言葉が出るとは思っていませんでした」

志乃は目を丸くして言った。すると美貴は頬を染め、コホンと咳《せき》ばらいをした。

——いつものように、会社帰りに眼鏡店Ｇｒａｎｚのショーウインドウをのぞいた志乃は、店内に知った顔があるのを見つけた。

「あらー、志乃ちゃん」

「貴子さん、こんばんは。今日は美貴さんも一緒なんですね」

出会いは、天王寺めあてで眼鏡店を訪れた貴子が、志乃をスタッフと勘違いしたことに始まる。その際、すったもんだがあったわけだが、なぜかそのあと意気投合し、店で会えば世間話をするような間柄になった。

チーターのような派手なファッションを好み、性格も肉食獣のように猛々《たけだけ》しい貴子だが、腹を割って話せばなかなか楽しく、志乃の仕事の愚痴もカラッと笑い飛ばしてくれる気さくな面もあった。

いつもは店舗の隣のラウンジでお茶を飲んで過ごすのだが、今日は床のワックスがけをしたばかりだということで、カウンターの前に椅子を並べてもらい、メガネ談議に花を咲かせている。

「ちょっと一矢くん、やってみせてよ、メガネクイッてやつ」

「え、俺ですか？」

渋々といった表情で、天王寺一矢は貴子のリクエストに応えた。右手の指先をそろえてメガネのサイドに添え、クイッと押し上げる。

「おお！　厭味《いやみ》ったらしいくらい神経質な知性派！　風紀委員的な！」

「一矢くんがやると、ドS感がすごいわね」

志乃の感想に貴子も同意する。

眼鏡店Ｇｒａｎｚの店員である天王寺は、認定眼鏡士ＳＳＳ級という肩書をもっている。きっと〝Super《ものすごく》 Sadistic《サドっぽい》 Staff《店員》〟という裏の意味もあるのだろう。

「メガネを上げるしぐさであっても、指先をそろえるかどうか、また触れる部分がリムかテンプルかでも、イメージが違ってきますよね」

美貴がふたたび持論を展開する。図書館で司書をしている彼女は、見た目は細くて気弱そうに見えるが、なかなかどうして、沈着冷静でハッキリとものごとを言う。

「それでは天王寺さん、次は指で挟むパターンでお願いします」

美貴がオーダーすると、「あんたもか」と天王寺は顔をしかめた。

天王寺は人さし指と親指で蝶番の部分を挟み、クイッと揺らした。そして次に、指をずらしてレンズの上下に添えた。

なるほど、学者や専門家のような、知的な雰囲気が増す。

「――さすが、インテリ度が自然ですね」

「なんだよ、自然なインテリ度って……」

「じゃあじゃあ！　今度はこうやって、メガネを下からクイッってやって～」

今度は志乃がリクエストをする番だ。手首を曲げ、親指の付け根でアンダーリム――フレームの底部分を押し上げ見本を示してみる。

するると、それまで辟易《へきえき》しながらも客のお遊びにつきあってくれていた天王寺が、ついにキレた。

「お・ま・え・ら〜〜〜〜!!」

ドンッとカウンターに両方の手のひらを叩きつける。ティーカップに入った紅茶の表面が振動で揺れた。

「メガネのメンテナンスはもう終わっただろうがっ！　暇人どもめっ！　そもそもおまえら、いつのまにそんなに仲よくなったんだ!?　ついこのあいだ、店で大喧嘩《げんか》していたじゃねえかっ！」

天王寺の視線が、カウンターの前に並んで座っている三人の女性を順番にとらえる。

「やあねぇ、一矢くん。喧嘩なんかしてないわよ。最初から仲よしだったじゃない、私たち。ねえ志乃ちゃん？」

「そうだよ。ちっともお客さんの来ないこの店のために、私たちがサクラとして盛り上げてやってるんじゃん」

しれっと言い切る女性客に、天王寺の不機嫌ゲージがＭＡＸになる。

「いらねえよ、そんなサクラ！　よけい客が来なくなるっ！」

天王寺のこめかみに青い筋が浮き上がった。少々調子に乗りすぎたようだ。

『眼鏡店Ｇｒａｎｚ』の店員である天王寺は、接客態度がすこぶる悪い。客を客だと認識していない節があり、暴言まがいのセリフを吐きまくる。それゆえ、この店にはリピーター客がほとんどついていないようだ。

外観は雰囲気のある洋風建築なので、狙うとしたら新規客である。通りすがりの人が興味をもち、ショーウィンドウのメガネを見て、「あら素敵」と思うかもしれない。

だがおそらく、ぎゃぁぎゃぁ騒ぐ女性たちを見たら、入店をやめてしまうだろう。

天王寺は腕を組み、ふんぞり返って冷ややかな視線を三人に投げつけた。

「そもそも〝メガネをクイッと上げる〟という行為自体、俺的にはありえない話だ。つまりはフィッティングが狂ってるということだろう？　うちではそんなヤワな調整はしていない」

そういえば、ここでメンテナンスをしてもらうようになってから、メガネがずれることは皆無だ。長時間かけ続けても、鼻の付け根も耳のうしろも痛くならず、ストレスがない。

「おお‼」

三人は盛大に拍手をした。「すごい！」「さすが！」「素敵！」とＳＳＳの三段活用だ。

天王寺は気をよくしたのかニヤリと笑い、手首をそらして親指の付け根をアンダーリムに押し当てた。志乃がリクエストした〝メガネクイッ〟である。

こういうツンデレをときどき発揮するあたりが、にくい。

「さて、まじめに帰りますか」

志乃はフクロウの時計に視線を向ける。まもなく十九時になろうとしていた。外はもう真っ暗だ。飲んでいたミルクティーはとっくの昔に冷め、ミルクの成分がマーブル模様の膜を作っている。

メンテナンスしてもらったメガネをケースに収め、志乃は帰り支度を始めた。貴子も残った紅茶を飲み干す。

ところが美貴だけは、カウンターで頬杖をついたまま動こうとしなかった。

「なにしてるのよ。早くスーパーに寄らないと、値下げしたお惣菜が売り切れちゃうじゃないの」

「握ったこぶしでメガネを押し上げるのもいいですよね……。あと、笑ったときにフレームから笑いじわがこぼれて見えたりすると、かわいいかも……。私だけが知ってる彼の秘密、みたいな……」

うっとりと目を閉じながらつぶやく美貴の顔の前で、「はいはい、妄想はもう終わり」と貴子がひらひら手を振った。

どうしたのだろう。母親の貴子はときどき夢見る乙女のようなミーハーモードに突入するが、どちらかというと美貴は現実的なタイプだ。最近そういう映画でも観て、メガネ男子の好みのしぐさを発見したのだろうか。

貴子に急かされ、ようやく美貴も立ち上がった。三人で店の出入口に向かう。

「ありがとうございました」

天王寺はにこりともせず、棒読みの挨拶で常連客を送り出す。

「また来るね～」

「しばらく来るな」

接客業をしている人間の言葉とは思えないが、そんな愛想のない天王寺の態度にも、もう慣れた。

志乃は振り返り、笑って手を振る。今日も楽しい一日だった。

よそ見をしながらドアノブに触れると、急に向こう側から引っ張られた。

「うわっ」

体が前のめりになり、スローモーションで傾いていく。このままではアスファルトに顔面衝突だ。

――手？　足？　どっちを前に出せばいいんだ!?　美人とは言いがたい容姿だと自覚はしている。だがせめて〝並レベル〟はキープしておきたい。

志乃はとっさに足を踏み出そうとした。ところが日ごろの運動不足がたたってか、思考と筋肉がうまく連動しない。

なにかにぶつかり、かしゃんと音を立ててメガネが落ちた。

ああ、まずい。天王寺に叱られる。

頭によぎったのは、傷ついたメガネを前にして怒り狂う、天王寺の恐ろしい顔だった。

「大丈夫ですか？」

頭上から声がして、志乃ははっと我に返った。

どうにか足に力を込め、一歩下がってぶつかったものの正体を確かめる。開いたドアの向こう側に、スーツの男性の大きなシルエットがあった。

志乃の頭の中で突如ＢＧＭが鳴り響き、アニメのワンシーンが繰り広げられる。

――いっけなーい、遅刻遅刻！

――私、浦田志乃。文具メーカーに勤める二十四歳ＯＬ。

――いつもの眼鏡店に寄ったら、メガネスーツのさわやかビジネスマンとドアの前でぶつかっちゃって――。

マンガやドラマの世界では、ここで新たな恋が生まれるのがセオリーだ。

「あの……」

ぶつかった相手が心配そうに声をかけてくる。志乃は慌てて、暴走しかけた妄想にストップをかけた。

「すみません！　つい、よそ見をしていて……」

志乃は助けてくれた男性にぺこりと頭を下げた。メガネを落としてしまったのでぼんやりとしか見えないが、相当大きな靴をはいている。

ふたたび顔を上げると、彼の手のひらには志乃の落ちたメガネがのっていた。

これって恋愛が始まるフラグ？

ドキドキしながら志乃はメガネをかけ、ぶつかった男性の顔をあらためて眺めた。

――じつに惜しい。

スーツにメガネのサラリーマンは、けっこう好きだ。外回りから帰ってきた営業社員がオフィスでネクタイをゆるめていたりすると、ドキッとすることもある（だが、相手の顔を見て我に返る）。

清潔感のあるやわらかそうな髪。むき卵のようなつるりとした白い肌。奥二重の瞳。小ぶりの鼻。輪郭のはっきりしない唇。コーカソイドよりも大陸系モンゴロイド、縄文人よりは弥生人。

目の前の彼は、決して不細工な部類ではない。人気の塩顔と言っていい。

だが、微妙に志乃のストライクゾーンからはずれていた。清潔感はあり、人が好さそうではあるが、あっさりしすぎなのだ。

せめてメガネ補正が欲しいところだが、彼がかけているオーバル型の銀縁メガネは、シンプルすぎて地味な顔をさらに地味にしている。

そしてサイズが合っていないのか、しきりにメガネを上げる。

握ったこぶしをメガネのフレームにあてて、クイッ。

ノーズパッドの位置に違和感があるのか、指先で鼻の付け根をこすり、ふたたびクイッ。

なにかに気がつき、彼はにこっと笑った。すると、メガネの縁から笑いじわがこぼれた。

これはちょっと萌《も》える。

と、そこまで観察して、志乃はあることに気がついた。

握ったこぶしでの〝メガネクイッ〟、そしてフレームからちらりと見える笑いじわ。こんなしぐさをする人物の話題が、ついさっき出たばかりではなかっただろうか。

振り返ると、目をまんまるにした美貴が、ぽかんとこっちを見つめていた。

「鮫嶋《さめじま》さん、どうしてここに？」

するとメガネスーツのサラリーマンは、にっこりほほ笑んだ。

「やあ、こんばんは。じつは、この近くにある学校に本を届けに行ってきたんです」

どうやら彼は、美貴の知り合いらしかった。入り口をふさいでいた志乃を脇にどけ、彼は店の中へと入っていく。

「このあいだ磯部さん、メガネの話をしていたでしょう？　そういえば例の眼鏡店がこの辺だったなあと思い出して。噂《うわさ》どおり、素敵な店ですね」

礼儀正しく社交的だ。しかも、さわやか。——押しのけられたのは不満だが。

「いらっしゃいませ」

めずらしく天王寺も笑顔で応対した。ただ、その表情に擬態語をつけるとすれば〝ニヤニヤ〟だ。

どうやら天王寺も、美貴が妄想していた人物が鮫嶋なる男のことだと気がついたらしい。

「どうぞゆっくりしていってください。磯部様も、もう一杯紅茶をいかがですか？」

わざとらしい誘いに、美貴は慌てて両手を振った。

「いいえっ！　私たちはもう帰りますのでっ！　お母さん、行きましょう！」

だが、貴子は動こうとしない。

「あなた、ご職業は？　美貴とはどういうご関係？」

地味で浮いた話のひとつもないと思っていた娘に、春の予感である。ここで引き下がる貴子ではない。

鮫嶋はビジネスバッグの中から、スマートに名刺を取り出した。

「本の取次会社に勤めている鮫嶋と申します。磯部さんの図書館には、よく仕事でうかがっています」

「失礼ですけど、年齢は……？」

「お母さんっ！」

貴子は鮫嶋なる男への詮索《せんさく》を続けたかったようだが、美貴がストップをかけた。

「ほら、スーパーのお惣菜が売り切れちゃうでしょう？　急がないと」

美貴に背中を押され、しぶしぶ貴子は店の外に出る。

「紅茶、ごちそうさまでしたっ！」

美貴は明らかに挙動不審で、この人物が美貴の心の中でどういうポジションにいるのかは明白だった。

春の予感だなあ……。

季節は秋だったが、美貴のまわりではポンポンと春の花が咲きみだれているようだった。

そんなふうに美貴の背中をほほ笑ましく見送る志乃に、「おまえも早く帰れ」と天王寺の冷ややかな声が飛ぶ。

だが、はやく帰れと言われると、逆にとどまりたくなるのが人の心理というものだ。

「そういえば、お父さんが老眼鏡《リーディング・グラス》を欲しがってて」

「嘘つけ」

「嘘じゃないし。お母さんと相談してたし」

志乃の新しいメガネを見た父親が、「いいなー、お父さんも欲しいなー」と母の顔をちらちら見ていたことを知っている。

購入する段階までは至っていないが、「欲しがっていた」という部分は嘘ではない。

「オーダーするなら、ちゃんと本人に来させろよ」

「フレームくらい選ばせてくれたっていいじゃーん」

「うるせえ。魂胆がミエミエなんだよ」

もちろん本当の目的は、突然訪れた鮫嶋なる男のリサーチだ。

「……まあいい。好きにしろ。あと、落としたメガネ、こっちによこせ。傷がついてないか見てやる」

天王寺、やさしいなあ。メガネに対してだけは。

メガネを預かり、天王寺は奥のスタッフルームに消えていく。志乃は手持ちの銀縁メガネにかけかえたあと、「こちらへどうぞ」と鮫嶋をカウンター前の椅子に座らせた。

「店員さんだったんですか」

「いえ、ただの客です。しいて言えば、ディスプレイのアドバイザーですかね」

美貴のメガネフレームを選んだとき以外にも、志乃は眼鏡店Ｇｒａｎｚの仕事をときどき手伝っていた。

ガラス棚に並んだメガネの位置を入れ替え、大きさや色が相乗効果で映えるように工夫する。また、ときには観葉植物に水をやったり、客が連れてきた子供の遊び相手になったり、という雑用も請け負う。

滅多に人の来ない店だが、たまに客が重なったりすると、天王寺ひとりでは手が足りない。だからそんなときには、志乃が臨時スタッフに変身するのだ。

鮫嶋はめずらしそうに店内を見渡したあと、テーブルの上に置かれたラミネート仕様の説明書をゆっくり手に取った。

志乃はひとつあいだを空けてカウンターの椅子に座り、鮫嶋の姿をうかがった。

最初は優雅に見えたのだが、どちらかというと〝ゆったり〟という表現がぴったりくる。大きな体。あっさりした塩顔。

――なにかに似ていると思うんだけど、なんだったかな。

こんな動物がどこかにいたな……と得意の想像力を働かせようとしたが、あとちょっとのところで出てこない。

落としたメガネのチェックが終わったようで、大小ふたつのカップがのったトレーを手に、天王寺が戻ってくる。

まずは志乃の前に大きなカップが置かれた。おいしそうなにおいがふわりと広がる。なんと、角切りの野菜がたっぷり入ったミネストローネだった。木の匙《さじ》も添えられている。

「腹が減っただろうって、店長が」

店長、やさしいなあ。ちっとも店に出てこないから、会ったことはないけれど。

「鮫嶋さまはこちらへどうぞ」

天王寺が鮫嶋をラウンジのほうへ案内する。

「あれ？　ワックスかけたんじゃなかったっけ」

「おまえら三人がくっちゃべってるあいだに、乾いたにきまってんだろ」

ならば自分もラウンジに移動。そう思ってカップを持った志乃に、すかさず天王寺は「おまえはここにいろ」と釘を刺した。邪魔をするなということらしい。

はいはいはい、わかりましたよ。いまは鮫嶋よりも、ミネストローネのほうが大事だし。

衝立《ついたて》がわりの観葉植物の向こう側では、天王寺のカウンセリングが始まったようだ。志乃はスープを口に含みながら、聞き耳を立てる。

「ジンベエザメ」と鮫嶋が言った。

そう、それ！　ジンベエザメ！　沖縄の水族館で見た、ゆったりとおとなしい巨大なサメ！　鮫嶋の雰囲気はまさにそれだ。

「下の名前が仁《じん》なので、小学校からあだ名はずっとジンベエザメでした」

鮫嶋仁という少々怖そうな名前が、彼の本名のようだ。

本の流通を支える取次会社の営業マンで、市内にある図書館や学校、公民館などに本を届ける仕事をしているという。美貴とはだいぶ前から知り合いで、最近メガネが変わりましたねという話題から、眼鏡店Ｇｒａｎｚのことを知ったらしい。

「メガネが変わったら、人生そのものが変わったって彼女が言うものだから。それにおもしろい友達もできたそうだし」

おもしろい友達、というのはおそらく志乃のことだろう。

メガネが変わったら人生も変わったという点は同感だ。志乃も同じ経験をしたからだ。天王寺と鮫嶋はなにやら本について語り合ったあと、そのままメガネの話に移った。鮫嶋は、あいかわらずメガネを上げるしぐさを繰り返している。

すると、天王寺が痛烈なひと言を放った。

「あーあ。これ、通販で買っただろ。デザイナーズブランドだし、結構な値段がしただろうに、もったいねー金の使い方をしやがって」

「通販だってわかるんですか？」

「あたりまえだろう。これだけフィッティングが狂っていればな。量販店だって、こんな適当な売り方はしない」

なるほど、お手ごろ価格のチェーン店であっても、購入前にはひととおりの検査はしてくれる。技術の差はあれ、顔に合うようフィッティングだってするはずだ。ここまでずれるメガネは問題外である。

だいいち、顔に全然似合っていない。あまりメガネに関する知識のない志乃でも、鮫嶋のセンスがいまひとつだということはわかる。

「伊達《だて》メガネだから通販でもいいかと思ったんですけどね」

「えっ、伊達メガネだったんですか？」

カウンターから体をひねり、つい口を挟んでしまった。天王寺はこっちをひとにらみしたが、言っても無駄だとわかっているのか、とくに止めようとはしなかった。

天王寺は志乃に視線を向けて説明をする。

「最近は紫外線やブルーライトの影響も考えて、視力矯正以外の目的でメガネをかけている連中も多いからな」

「なるほど～」

それなら通販もありかもしれない。

「通販を否定する気はない。ただ、用途による。その高価なメガネは、おまえにとってはただのゴミだ」

出た！　天王寺の客を客とも思わぬ辛口トーク！　デザイナーズブランドの高級メガネをゴミときた！

常連も一見《いちげん》の客も、老いも若きも男も女も関係ない。ぶれない態度で接客する潔さは、ある意味すがすがしい。だが、これではまた、リピーター獲得にはつながらないだろう。

「聞いていたとおり、おもしろい店員さんですね」

鮫嶋は気分を害するのかと思いきや、愉快そうに笑いだした。

「気軽に頼めたのはよかったんですが、届いた実物をかけてみて、あまりの似合わなさにがっかりしてしまって。それに調整するにしても、買った店舗以外に頼むのは気がひけて」

ああ、わかる。正直、眼鏡店というのは敷居が高い。メンテナンスひとつにしても、かなりの覚悟が要る。

——なぜかこの眼鏡店だけは、用もないのに通ってしまうのだけれど。

鮫嶋はかけていたメガネをはずし、天王寺に手渡した。これから会社に戻らなくてはならないため、今日は調整だけにとどめておくらしい。

「……あれ？　メガネを取るとずいぶん印象が変わるんですね」

ふたたび話に割りこんだ志乃を、天王寺と鮫嶋が同時に見た。

ええい、こうなったら開き直って堂々と話に参加してしまえ。

志乃は急いでスープを飲み干し、ラウンジへと移動した。

「素顔のほうが断然いいじゃないですか。メガネで隠しちゃうなんてもったいない」

素顔の鮫嶋はふわっとしたやさしい顔立ちをしていた。まさしく癒やし系で、選ぶメガネによってはそうとう化ける逸材かもしれない。

「ふうん。へええ」と、いろいろな角度から志乃は鮫嶋の顔を観察する。

「やめろ痴女」

「痴女言うな！」

天王寺は道端に落ちているパンツでも見るように、不審な視線を向けてきた。

「いいや、誰がどう見てもおまえは痴女だ。大事な客に寄るな。触るな。見るのもやめろ」

「見るくらい、いいじゃん。減るもんじゃないし」

「いいや減る。見ろ、危険を察したアルマジロみたいになってるぞ」

鮫嶋は真っ赤になりながら、大きな体を小さく丸めていた。

「あ、すみません。減るようなら見るのやめます。そんなに警戒しないでください」

客に触るなという天王寺の指示を思い出し、志乃は両手を上げた。

「いいえ、大丈夫です」

鮫嶋は握ったこぶしを目の下に当て、それから「あっ」と小さくつぶやいた。メガネをはずしていたことを忘れていたらしい。

まずい。萌える。動画を撮って美貴に送ってあげたいくらいだ。

「話を戻しますが、どうして視力が悪くないのにメガネをかけているんですか？　さっきこいつが言っていたように、紫外線対策ですか？」

鮫嶋は落ち着きなく視線をあちこちにさまよわせている。もしかして、触れてはいけないことだったのだろうか。

「す、すみません。メ、メガネを……」

はずしていた伊達メガネをふたたびかけると、鮫嶋の泳いでいた視点がぴたりと定まった。背筋がピンと伸び、真っ赤になっていた顔も落ち着きを取り戻す。

どうやらメガネをかけることによって、気持ちのオン・オフが切り替わるらしい。志乃は椅子を引き、鮫嶋の隣に腰掛けた。天王寺も、伊達メガネの理由に興味があるのか、腕を組んで鮫嶋の答えを待っている。

「僕、小さいころから極度のあがり症で。人と目が合うと挙動不審になってしまうんです」

よく見ると、メガネの奥の瞳が小さく揺れていた。

男性は嘘がつけないと、ある刑事ドラマの主人公が言っていた。心理学をテーマにしており、犯人を追い詰めるクライマックスで、「いまあなたは嘘をついたわ」と女刑事がかっこよく決めゼリフを放つのだ。目が泳ぐのは、緊張や不安があるときの特徴らしい。

志乃は、取調室で犯人と向き合う女刑事の気持ちになった。

「それで？」と続きを促すと、鮫嶋がびくりと肩を震わせた。

「社内の接客トレーニングでも、壊滅的な状況でした。転職したほうがいいのかと本気で悩んだほどです。そしたら上司に『とりあえず、その自信なさげな地味な顔をなんとかしろ』と言われて」

で、苦肉の策で伊達メガネをかけるようにしたんです、と鮫嶋はうなだれた。

「……ほんとうに不思議なんですけど、メガネをかけたとたん、違う自分になれたんです。緊張せずに人と話せるようになったし、吃音《きつおん》も赤面症も改善されましたし」

するとと、天王寺が「なるほどな」とうなずいた。

「いわゆる自己暗示だな。メガネをかけて外見を変えることは、メンタルにも影響する。

なにも特別なことじゃない」

白衣を着けたとたん、医者は使命感をもつ。ユニフォームを着た瞬間、アスリートは闘志に燃える。盲導犬だって、特別なリードをつけるとお仕事スイッチが入るらしい。

「この店は奇跡を起こすと磯部さんは言っていました。僕はもっと、自分に自信がもてるようになりたい」

「わかった。俺がおまえに似合うメガネを見極めてやる」

天王寺のメガネがキラリと光り、志乃はワクワクした。

どうやら眼鏡店Ｇｒａｎｚには、問題を抱えた客を引き寄せるなにかがあるらしい。


志乃が家に帰ると、父がダイニングで晩酌をしていた。

「ただいまー」

「なんだ、今日は残業か」

「いや、ただの寄り道。最近は残業も少ないしね。外で人と会ってきた」

いま勤めている会社には父のコネで入ったこともあり、父は志乃の仕事の状況をとても気にする。

以前は休日出勤や残業があたりまえのように続いていたが、ここ最近は業務時間内に仕事を終わらせることを覚えたので、精神的にも体力的にも余裕ができている。新しいメガネのおかげですっかり頭痛もなくなり、休みの日になると外に出ることも多くなった。

そんな志乃の変化を、父はしっかり見ていた……が。

「デートか？」

にやけた顔が不快だ。どうやら酔っぱらっているらしい。

「そんな相手はいません」

「だろうな。言ってみただけだ」

ビールのグラスをかたむける父の顔は、少しほっとしていた。

志乃はひとりっ子だ。浮いた話ひとつない娘のことを両親は気にしているようだが、結婚などまだしなくていい、しばらく手もとに置いておきたいという気持ちもあるらしい。

「結婚はまだか」だの「彼氏はいないのか」だのうるさく言われずありがたいが、デートする相手すらいないと見抜かれるのもつらい。

志乃は二階の自室に向かい、ジャケットを脱いで鴨居にかけた。そしてベッドの上に体を投げ出した。

「彼氏かあ」

うーん、と志乃はうなる。

異性に興味がないわけじゃない。彼氏だって、いたら楽しいだろうと思う。けれど、つきあうに至るステップや、つきあったあとのデートやらなにやらのことを思うと、「楽しそう」よりも「面倒だな」という気持ちが勝ってしまう。

ちなみに、高校のときにサブカル系男子とつきあったことがあるのだが、微妙に話が嚙《か》みあわなくてすぐに別れた。

彼の趣味に合わせるとマニアックすぎてついていけないし、志乃に合わせてもらうと、あからさまに退屈そうな顔をする。目的地に着く前に「早く帰りたい」とまで言われたこともあった。

世の中の若い男性は、いまや〝草食系〟を通り越して〝絶食系〟とも称されている。見目麗しく中身も収入もそこそこの男性は、見た目はふわふわだが百戦錬磨のテクニックをもつ肉食女子が、さっさと持っていく。そんな女子に勝てる気なんかしないし、勝負したいとも思わない。

それに、自分のメンテナンスだってできるようになったばかりなのに、草食男子の面倒まで見ていられるか。

鮫嶋と美貴。ふたり並んだ姿を想像する。ジンベエザメのように大柄で穏やかそうな彼と、スレンダーで芯の強い彼女。なかなかお似合いだ。

志乃はスマートフォンの検索画面を開き、『姓名判断』と打ちこんだ。子供の名付けなどの参考にする無料サイトがいくつかヒットする。画数によって吉凶を占うことができるようだ。

【鮫嶋美貴――大吉】

「おお、いいじゃんいいじゃん！　これは結婚するしかない！」

志乃は自分のことのようにはしゃぐ。

続いて自分の名前も調べてみた。

【浦田志乃――大吉】

「……やったあ！」

ちょっと前までは、自分の地味な名前があまり好きではなかった。でも両親は、娘が幸せになれるようにと願いを込めて、ちゃんと字画を選んでくれていたのだ。

〝意志薄弱〟とか〝孤立〟と書かれているのは気になるが、〝自分のペースで成果をつかんでいく〟という言葉に希望がもてる。そんなふうに志乃はポジティブにとらえた。

【天王寺一矢――凶】

「凶！　笑える！」

〝強い意志〟〝社交下手〟〝辛辣《しんらつ》な批評家〟……恐ろしいほど合っている。

少し迷って、志乃は別の名前を打ちこんだ。

【天王寺志乃――吉】

響きは悪くない。総画数は、吉。けれど、天画だの地画だの細かい部分では、〝凶〟の字が三項目もある。

〝トラブル〟〝多難〟〝華やかで芸術的〟

「相性いいんだか悪いんだか」

笑いながら、ふと我に返った。なにを血迷っているんだ、自分は。

翌日の火曜日。志乃と鮫嶋は眼鏡店Ｇｒａｎｚのラウンジにふたたび集っていた。

昨日は仕事の移動の合間だったため、メガネの調整だけで終わったが、今日は本格的に新しいメガネを作るらしい。

「ほんとうにおまえは暇なんだな」

あきれたように天王寺は言う。でも、鮫嶋にも奇跡と呼べる変化が訪れるのなら、それをこの目で見てみたい。

「さて、昨日も言ったように、矯正以外の目的でメガネをかけることは悪いことではない。だが、素顔を隠すだけのメガネはマイナス効果しか生まない。いいメガネとは、その人の個性や長所を引き出す」

「僕もそう思います。磯部さんが新しいメガネをかけはじめたのを見て、本当はこんなに素敵な人だったんだって気づかされて……」

おっと、ここで意味ありげな発言。

そうか、なるほど。憧れの人が教えてくれた眼鏡店だから、少々高くてもここで作ろうと鮫嶋は思ったのか。

「で、イメージとしては、どんな自分になりたいんだ？」

天王寺は鮫嶋の言葉をさらっと流した。

こら、もっと突っ込め。志乃は目で訴えたが、天王寺はカルテを見ながらボールペンをくるくると指で動かすだけである。

鮫嶋は瞳をきらめかせた。

「仕事もプライベートも充実していて、上司からは一目置かれ、後輩からは尊敬され、お客さまには信頼され……あとは、磯部さんの隣にいて恥ずかしくないような男になりたい」

天王寺は「そうきたか」となり、ボールペンのキャップを使ってメガネのブリッジをクイッと上げた。

「おまえは一度メガネ選びに失敗している。だが、うちに来たからには絶対に後悔させない……最後の項目に関してだけは、保障できないが」

生活のさまざまなシーンで違和感のないものがいいだろう、と天王寺は、五本のフレームを日替わりで試すことを鮫嶋に提案した。

眼鏡店Ｇｒａｎｚでもはじめての試みらしい。視力に問題のない鮫嶋だからこそ選べるシステムだろう。

「売り物なのに貸し出したりしていいの？　もし傷がついたり曲がったりしたら、まずいんじゃない？」

心配になってそう問うと、天王寺は「べつにまずかないだろ」と表情を変えずに言った。

「多少の歪みならすぐ直せるし、今後もレンタル用として使えばいい話だ。それに、どこのメーカーものかと聞かれたときに、『西木小井町にあるＧｒａｎｚという眼鏡店の一点ものです』とでも言ってもらえば宣伝になる」

売り上げのことなどまったく気にしていないように見えていたが、一応宣伝する気はあるらしい。

さて、鮫嶋はどんなフレームを選ぶのだろう。

美貴のときのように自分がセレクトしてみたい気もするが、男性と女性とでは好みが違いそうだし、なによりも美貴に申し訳ない。

ここは素直に、天王寺のお手並み拝見といこう。

店頭にあるフレームは、どちらかというと女性向けの繊細なラインのものが多かった。シニア向けや若い男性用のもあるにはあるが、選ぶというほどの点数はない。

すると天王寺は、バックヤードから大きな収納ケースを持ってきた。チェストのように引き出しのついたもので、開けてみるとさまざまな形のメガネフレームがあらわれた。

「うちはフロアが狭いから、フレームのストックはこうして保管してあるんだ」

ひとつの棚に十個のフレームが収まっている。

へえ、と鮫嶋は黒縁のウェリントン型のメガネに手を伸ばした。ウェリントンはレンズが逆台形をしているスタンダードなタイプで、どんな人にでも馴染みやすく人気がある。

だが、天王寺は鮫嶋の手を止めた。

「ポイントその一。この形が自分には似合うとか、この色は似合わないとか、そういう固定概念は捨てることだ。避けていた種類のフレームが新しい自分の顔をつくってくれることもある。そのためのチャレンジだ」

天王寺は、収納ケースの中から五種類のフレームをセレクトした。

最初に差し出されたのは黒のプラスチック製のものである。レンズの形は細長いスクエア型だ。フロント部分はオーソドックスなデザインであるが、サイドがずいぶん太い。レンズの天地幅と変わらないくらいだ。

男性が好きそうなハードでメカニカルなデザインで、こめかみ部分にアンティークシルバーの飾り鋲《びょう》がしてある。

「まずは、顔の印象を変えてみよう」

鏡の前に鮫嶋を座らせ、フィッティングをする。すると、ぼんやりとした印象だった顔が急に引き締まった。

「輪郭がシャープになりますね」

「スクエア型は、リーダーのような印象を相手に与える。だが、黒一色だと威圧的になりかねないので、飾り鋲で堅さを緩和している。まずは明日まで、このメガネをかけて過ごしてみろ。スーツだけじゃなく私服にも合わせてな。鏡やショーウインドウに映った自分を積極的に観察するんだ」

「わかりました！　ありがとうございます！」

鮫嶋は新しいメガネをかけ、意気揚々と店の外へ出た。

翌日の夕方、帰りの電車の中で、ガラスに映る顔を見ながら笑ったり怒ったりキメ顔をしてみたりする不審な人物がいた。

おかしな人がいる、と周りの乗客がクスクス笑っていたので、志乃もつられて見たところ、そこにいたのは鮫嶋だった。

挨拶するべきだろうか。けれど、この状況で知人だとばれるのはつらい。

さりげなく別の場所に移動しよう。目的地はおそらく同じ、『眼鏡店Ｇｒａｎｚ』だ。外で会ったら、そのときはじめて気がついたような演技をしよう。

そう思って体をずらした志乃に、鮫嶋がぱっと気づいた。

ニコニコしながら会釈をされたので、こっちもぺこりと頭を下げる。周りの乗客は、志乃と鮫嶋の顔を交互に見比べた。

水曜日はＧｒａｎｚの定休日なのだが、特別に店を開けてもらうことになっていた。

同じ駅で降り、改札を抜ける。すると、駅の向かい側にあるコンビニから、ゆるふわ髪の男の子が、おでんの袋をさげて出てくるのが見えた。

「最近の高校生っておしゃれですよね。いまの子なんて、顔の半分くらいある大きなメガネをかけてましたよ」

鮫嶋はかけているメガネを、握ったこぶしでクイッと上げた。

「いろんなタイプのフレームがあるものですね。このメガネも、職場や取引先で『おしゃれ〜』と評判がよかったんですよ」

どうやら一日目のメガネには大満足のようだ。

「図書館も回ったんですけど、磯部さんに『似合いますね』って言ってもらえて。どうしようかな、これに決めてしまおうかな」

なんとも気の早いことだ。

けれど志乃は、「固定概念を捨てろ」という天王寺の言葉を思い出す。

黒縁のスクエアはよく似合っているが、もっと別の表情を引き出してくれるメガネも天王寺は用意しているはずだ。

「せっかくのレンタルなんだから、五つ全部試してみればいいじゃないですか。こんな機会、めったにないですよ」

「それもそうですね」

駅前のメインストリートを一本裏に入り、ふたりで一緒に眼鏡店の扉をくぐる。あいかわらず客はいない。

「よう、来たな」

さっそく天王寺は、ふたつ目のメガネをカウンターに置いた。

次に試すことになったのは、ハーフリムのメガネだ。レンズの形は、ボストン型。ころんとした丸みのあるフォルムで、フロント部分が顔よりやや内側にくる。

おしゃれ上級者でないと使いこなせない難易度の高いものだが、天王寺が用意したものはリムが上半分しかないので、素顔にだいぶ近くなる。

色は、半透明の白だ。プラスチック製だが表面につや消し加工がしてあるため、スタイリッシュで品がある。

「氷菓子みたいなめずらしい色だね」

テンプルを補強するための金属の芯が、うっすらと透けている。そのため、フロントとサイドの色あいが違って見え、とてもかっこいい。

「マットな白だと浮いて見えるし、透明だとおもちゃのような質感になる。このフレームは絶妙なバランスの半透明で、日本人の肌の色にも合うようデザインされている」

天王寺の言うとおり、鮫嶋がそれをかけると、意外にもしっくり馴染んだ。

「では、明日までお借りします」

鮫嶋は変身する自分をすっかり楽しんでいた。


翌日木曜もまた、志乃は仕事帰りにＧｒａｎｚに寄る。鮫嶋は、すでに店に来ていた。

「似合うかどうかよりも、僕が日替わりでメガネを変えていることがおもしろいようで」

得意先からも、「明日はどんなメガネ?」と聞かれたそうだ。

三つ目のメガネはアンティークの定番、べっ甲である。玉型はウェリントン。

「もちろん天然素材だ」

天王寺は得意そうに言ったが、志乃は「ひゃーっ」と青ざめた。

べっ甲は超高級品で、最低でも三十万、ものによっては桁《けた》がひとつ繰り上がることさえある。そんなものをレンタルしてしまう神経がわからない。

金曜は、ティアドロップ型のメタルフレームを試した。

ティアドロップ型というのは、パイロットが使うサングラスに多い形状だ。羽を広げたチョウのように外側の幅が広く、レンズのあいだにあるブリッジは二本。

「アビエイター、いわゆる飛行機の操縦士のために開発されたモデルだ。成層圏では、寒さと太陽光線のせいで目を傷めやすくなる。だからこれは、なるべく広く遮光性が得られるよう計算されている」

ただかっこいいだけじゃないんだな。志乃も鮫嶋も、天王寺のウンチクに感心する。某刑事ドラマのナントカ軍団みたいになると思いきや、意外にも理系男子っぽい印象になった。やはりメガネは、かけてみるまでわからない。

メガネの日替わりレンタルも、残すところあと一日となった。

最終日である土曜に天王寺が用意したのは、プラスチックとメタルを組み合わせたコンビネーションフレームだ。

リムの上半分は濃い飴色のプラスチックで、下半分が金属になっている。こういうモデルを『ブローライン』または『サーモントフレーム』というらしい。

レンズは外側にゆるく吊りあがったフォックス型だ。

「もとの顔があっさりしているから、多少きついフォルムでもバランスが取れるだろう。二日目に試したような個性的なものにするか、それともスクエア型やべっ甲のような普段使いの無難なセンを取るか。最後のフレームを一日試して、どれにするか決めるといい」

「わかりました。明日は仕事が休みなので、昼前にうかがってもいいですか？　悩んでも仕方ないし、すぱっと決めます」

なかなかオトコマエな発言だ。

鮫嶋がこの眼鏡店を訪れるようになってから、まだ六日しか経っていない。けれど、見違えるように男らしくなった。メガネのせいだけではない。自信が男を磨くのだ。

「じつは明日、美貴さんも誘ってみました！」

「磯部さん!?」

鮫嶋が真っ赤になってうろたえる。

「だって鮫嶋さん、彼女に似合う男になりたいんでしょ？」

指先で腕をつつくと、鮫嶋はもじもじしながら大きな体を小さく丸めた。基本的な性格はあまり変わっていないらしい。

「母親は来させるなよ」

天王寺が顔をしかめながら釘を刺す。確かに、貴子まで来たらメガネどころではなくなりそうだ。

はたして明日、どんなジャッジが下されるのだろうか。

眼鏡店Ｇｒａｎｚは午前十時が開店時刻だ。閉店は夜の七時半。客がいるところなどほとんど見ないが、いつも営業時間ぴったりに店をオープンさせているようだ。

十時ジャストに志乃は店に到着した。パーゴラの下では、天王寺が樽を半分に切った形のプランターに水を撒《ま》いていた。

「いいところに来た。おまえ、代わりにやっとけ」

返事をする前に、ホースを押しつけられた。あいかわらず人使いが荒い。

水撒きを始めて少しすると、磯部美貴がやってきた。今日はリメイクしたメガネではなく、志乃が美貴のために選んだラベンダー色のものをかけている。

あのときはぱっと見の印象で選んだが、外で見てみても、美貴の雰囲気によく似合っていた。自分の審美眼もなかなかのものだ。

ここ最近、美貴は見違えるほどきれいになった。しかも今日のファッションは、いつになくシックだ。

秋色のタータンチェックのロングスカートに、黒のタートルネック。ボルドーのストールを肩に巻き、毛糸で編んだ花形ブローチをつけている。もともとすらりとした体形をしているため、Granzのレンガ壁の前に立つと、まるで読者モデルのようだ。

水撒きに使ったホースを巻き取ったあと、美貴と一緒に店の中へ入った。

「お疲れさん」

タイミングよくティーカップが運ばれてくる。

今日は美肌効果抜群のハーブティーであるローズヒップだ。店長は暗に、志乃にも女子力アップを目指せと言っているのだろうか。

ほどなくして、鮫嶋もやってきた。いつものスーツではなく、今日は私服姿だ。黒のタートルネックに、チャコールグレーのパーカー付きジャケット。ボトムはスリムなジーンズで、いつもより若々しく見える。

「あ、おそろいになっちゃいましたね」

「そうですね」

美貴と鮫嶋は、お互いの服を見たあと真っ赤になってうつむいた。

おそろいといっても、中に着ている黒のタートルだけじゃないか。なにを意識しあっているんだ、ふたりとも。

中学生のような初々《ういうい》しい姿に、志乃は心の中でツッコミをいれつつも、ほっこりと笑顔になってしまう。

「さてと。いよいよ今日が最終日だな」

天王寺がラウンジのテーブルの脇に立った。腕を組んで顎を上げ、斜めの視線で見下ろしてくる。店員なのにいちばん偉そうだ。

これまで試した五本のフレームが、トレーに並べられる。

初日につけた、極太テンプルのスクエア型。すりガラスのような、白い半透明のボストン型ハーフリム。超高級メガネのべっ甲。ティアドロップ型のシルバーメタル。そしていまかけている、飴色のブローライン。

天王寺が選んだフレームは、色やフォルムは違うけれど、どれも鮫嶋に似合っていた。ただ、実際に使うのは本人だ。なりたい自分になれるメガネ。それは第三者からはわからない。

「仕事のときだけでなく、通勤時やプライベートでかけてみると、また違った気分になるだろう。いちばんしっくりきたのはどれだ？」

鮫嶋は、ひと呼吸おいてから言った。

「正直、まだ決めかねているんです。どれをつけても新鮮な気持ちになれるし、仕事のときも気が引き締まるし」

優柔不断な返事だったけれど、どことなく鮫嶋の瞳には決意めいたものがあった。

鮫嶋は隣にいる美貴の顔を見た。そして、テーブルの上にのせられていた美貴の左手に、自分の右手を重ねた。

美貴は驚いて顔を上げた。志乃も天王寺も、勝負に出た鮫嶋に注目した。

「磯部さん、よかったら、あなたが僕のメガネを選んでくれませんか？　磯部さんが決めたのなら、間違いないと思うんです」

おお！　ここで愛の告白か！

メガネが縁でカップル誕生なんて、この店の新たな伝説誕生ではないか。

美貴は頬を赤く染め、どのように返事をしたらよいのか迷っている。

鮫嶋は言葉を続けた。

「磯部さんは図書館勤めのお得意さまだから、どんな営業マンだったら印象がいいかよくわかってると思うんです。顧客は営業マンの心を映す鏡っていうから」

鮫嶋は真剣だった。けれど、この場面で選ぶべき言葉を決定的に間違えていた。

美貴の顔が曇る。

あたりまえだ。好きな人から〝お得意さん〟だの〝顧客〟だのと言い切られて、傷つかない女子などいない。ここは乙女の代表として、自分がガツンと言ってやらねば。

志乃が口を開きかけたとき、先に天王寺が鮫嶋に挑発的な言葉を投げつけた。

「顧客が営業マンの心を映す鏡だというなら、相手の顔を見て決めろよ。それとも、わざわざ教えてもらわないとわからないのか?」

おまえが接客業のなんたるかを語るなよ、と半分ツッコミを入れながらも、志乃も同意見だった。

鮫嶋も「そうですね」と素直にうなずいた。

「五つのフレームを、いまから順番にかけてみます。それで……」

鮫嶋は、美貴の手を握りしめた。大きくて力強い手が、美貴の細い指をすっぽりと包む。

そして空いていたほうの手で、鮫嶋はかけていたメガネをはずした。美貴は鮫嶋の素顔に見とれながら、続きの言葉を待った。

「もし、磯部さんがいいと思ったメガネを当てることができたら、このあと僕とデートしてください」

言ったあ!!

頭の中で、祝福のファンファーレが鳴る。

美貴はこくりとうなずいた。その顔は、紅葉したモミジよりも真っ赤になっていた。


ふたりが去ったあとの眼鏡店Ｇｒａｎｚで、志乃はドラマの最終回を見終えたときのような余韻《よいん》に浸っていた。天王寺はカウンターの向こう側から、そんな志乃の様子を黙って眺めている。

フクロウの時計が、ホーッと鳴いて正午を指した。

「いまごろ、ふたりでなにしてるのかなー」

美貴と鮫嶋が店を出ていってから三十分。母親が昼食を用意すると言っていたので、そろそろ帰らなければならないのだが、志乃はなんとなく動くことができないでいた。

「まさか、ああいう展開になるとはね」

起承転結でいえば、まさしく「転」「結」が、志乃の目の前で起きたのだ。

志乃は脳内メモリを巻き戻し、再生ボタンを押した。つい一時間の出来事が、頭の中でリプレイされる。


「――磯部さんがいいと思ったのは、これですか？」

鮫嶋が選んだのは、初日にかけたスクエア型のメガネだった。

無難な優等生フォルムで、もうちょっと冒険してみればいいのにと、志乃の中ではどちらかというと優先順位の低いものであった。

「半分当たりで、半分はずれです」

美貴の答えに、鮫嶋はがっくりとうなだれた。

「そうですか……」

鮫嶋の丸くなった背中には、「あきらめ」の四文字が浮かんでいる。

「帰ります」と立ちあがろうとした鮫嶋に、志乃はストップをかけた。

「ちょっと、待って！　それじゃ、なんの解決にもなってないじゃん。せめてメガネは買いなさいよ。こいつがここまで親身になってくれたんだから。それに、半分は当たってるんでしょ？　その意味を私は知りたい！」

鮫嶋は、なぜこのフレームだと思ったのか。

美貴が〝半分当たり〟と言ったのはなぜなのか。

そして、告白の答えはイエスなのかノーなのか。

「そもそも、鮫嶋さんはどうしてこれだと思ったんですか？」

志乃が問うと、鮫嶋は「勘です」と答えた。

――勘かよ！

「しいて言えば、表情かな……。このメガネをかけたとき、磯部さんがちょっとだけほほ笑んだような気がしたんです」

なんだ、ちゃんと見るとこ見てるじゃん。

するとと美貴が、にっこり笑った。

「半分当たりと言ったのは、お仕事のときは誠実そうな見た目のほうがいいと思ったからです。鮫嶋さん、どんな営業マンだったら印象がいいかって、最初に聞いたでしょう？これだったら、間違いないと思いました」

なるほど、仕事をするうえでのスタイルなら、奇抜なデザインのものよりも優等生タイプのほうがいい。しかも鮫嶋の仕事は、図書館などにも出入りする本の取り次ぎなのだ。

では、半分はずれの真意は――。

「私個人としては、いままでかけていたメガネでもいいと思うんです」

「いままでの、って、これですか？」

サイズの合わない銀縁メガネをケースから取り出すと、鮫嶋はテンプルをつまんでしげしげと眺めた。

通販で買った、すぐにずれてしまう似合わないメガネ。

「さっき見せてもらったメガネはどれも素敵でよかったけれど、なんだか鮫嶋さんが遠い存在になっちゃいそうで。それに私、鮫嶋さんの、メガネをこうやって押し上げるしぐさが好きなんです」

美貴はそう言って、握ったこぶしで自分のかけていたメガネのフレームを上げた。

例の〝メガネクイッ〟、である。

「だから、私といるときだけは、そのメガネをかけてください。それならデートしてもいいですよ」

「……やったあ!!」

鮫嶋は顔をくしゃくしゃにしながらこぶしを突き上げた——。

「いいな〜彼氏〜」

頬杖をつきながら窓の外を見ていたら、天王寺が意外そうに尋ねてきた。

「おまえ、彼氏欲しいのか？　っていうか、つきあっている奴とかいないのか？」

「……いないし、欲しくない。面倒だし」

「枯れてるな」

「うるさいな。だって男子って気を遣うし。面倒だし」

「面倒だって繰り返しやがったな」

「そこがいちばんの問題じゃん」

愛だの恋だのとはしゃぎ、男子に媚びる女子を見るにつけ、自分はあんなふうにはふるまえない、と思ってしまう。美貴と鮫嶋みたいに、じつはお互いに想っていました、めでたしめでたし、なら楽でいいのに。

けれど、そんな都合のいい出会いなど、その辺に転がっていない。わざわざ探す気にもなれない。仕事に対してはだいぶ前向きになったけれど、恋愛に関してはあいかわらずうしろ向きだ。

「まあ俺も、面倒なのは飽きたけどな」

「へえ。飽きるほどの経験値があるんだ」

「まあな。断るのも疲れるもんだぞ」

嫌なヤツ、と思いながらも、心のどこかが痛む。

これ以上考えるとますます面倒なことになりそうなので、志乃は話題を変えた。

「そういえば、帰りぎわに鮫嶋さんに、なにか耳打ちしてたでしょ。なんて言ったの？」

店を出る直前、鮫嶋は天王寺となにかを話したあと、真っ赤な顔でうなずきながら「了解です」と言ったのだ。

「秘密だ」

「えー、気になるー」

「そうか。知りたいか」

天王寺は両手を志乃の頬に伸ばした。そしてメガネに触れ、静かにはずしてテーブルの上に置いた。

「じゃあ、教えてやる」

天王寺は自分のメガネもはずし、傍らに置いた。そして志乃の顎に指を添え、クイッと上を向かせた。

顔やメガネに触れられるのには、けっこう慣れた。が、そこから先は未体験ゾーンだ。

視線の先にあるきれいな目が、志乃をまっすぐ見おろしている。

やっぱこいつ、かっこいいな。少し伏せられた睫毛《まつげ》は人形みたいに長い。裸眼でも、至近距離だったらはっきりわかる。

——ちょっと待て。はっきり見えるくらいの至近距離？

「なにやってんの！」

端整な顔を拝んでいた志乃は、はっと我に返って天王寺の体を押しのけた。

いつのまにか、顔と顔との距離が十五センチほどになっていた。

「おまえが聞いたんだろうが。なにを教えたのかって」

「こんなことしてなかったじゃん！　ここそ話していただけで——」

そこまで言って思い出した。天王寺がなにかを耳打ちしたあとの、鮫嶋の真っ赤な顔。

あ然とする志乃をよそに、天王寺は涼しい顔で続ける。

「メガネをかけた人間同士だと、ぶつかってレンズに傷がつく可能性があるからな」

ムードの問題じゃなく、レンズの心配かよ！

鮫嶋は、メガネがないと、とたんにヘタレる男だ。だから、キスをするなら、先に相手のメガネをはずせと指示したのだろう。

「相手は視力が低いんだから、はずしてしまえば自分の表情は見られない。多少目が泳いでいても、わからないだろう」

「うわー、やっぱり女慣れしてるー」

キスをするときにそこまで計算している男より、鮫嶋のように顔を真っ赤にしながら目を泳がせるようなタイプのほうがよっぽどマシだ。

「普通だろ。おまえはそういうシチュエーションになったことはないのか？」

「……」

ぐうの音も出なかった。高校生のときにつきあったサブカル系の彼氏とは、手をつなぐ段階にすら至らなかった。

天王寺はニヤニヤ笑っている。

「めんどくさいめんどくさいって現実逃避する前に、ちゃんと経験値上げとけよな」

「うるさいっ！　この女たらしがっ！」

「俺はたらしてない。相手が勝手にたれるだけだ」

「あー、腹立つ、こいつ！　女の敵！」

やっぱり恋愛なんて面倒だ。

名前の画数だって気になるし、顔の距離が近づいただけでドキドキしてしまう。

なんだかんだと鮫嶋のことをけしかけてはみたけれど、自分だって威張れるような経験値なんかない。

——やっぱり、こうして異性の友達とバカみたいにふざけあっているのが、いまの自分にはいちばん楽しいことなのだ。

第4章

メガネ屋にだって、
貸せる背中はある

ピンク、水色、黄緑、白。デスクの上に散らばるカラフルな楕円の渦。

長さ二十八ミリの小さな金属小物《ゼムクリップ》は、事務に携わる者にとってのマストアイテムだ。

誰が発明したかは定かではない。ステンレス製が主流ではあるが、さまざまな色にコーティングされたカラークリップも人気で、使う者の目を楽しませてくれる。

また最近は、動物や乗り物を模したデザインクリップも販売されている。

シンプルな金属は、使う者の想像力をかきたてるらしい。

浦田志乃はピンクのクリップをひとつ、手に取った。そして目の高さに掲げ、中心に狙いを定める。

ここだ！

ペンチを中心よりやや右側に当て、クリップの左側を力を込めて上向きに押した。

楕円形だったゼムクリップが直角に折れ曲がり、ピンクのハートの形になる。

「よし、今日いちばんの出来《でき》！」

志乃は小さなプラスチックケースにそれをカシャンと入れた。まだらに広がったハートの中に、ピンクが重なる。

そろそろ事務所の人数分はできあがっただろうか。数を確認し、傍らに積み重ねられていたプリントの束をハート形のクリップでとめていく作業に移る。

十一月もなかばになった。けれど、今日はずいぶんとあたたかだ。

そうか。街路樹の葉が落ちて、光を遮るものがなくなったんだ。冬に入る前の貴重な日光だが、あまりにもあたたかいと眠気も増す。

志乃はブラインドの脇にさげられたバーを回し、光を遮った。細かい事務作業は嫌いではないが、眠気は大敵だ。

「もうひと頑張りしなきゃ」

志乃は左手を右肩の上にのせ、腕を回した。

志乃が勤めているのは、とある地方都市を拠点とする文具メーカーだ。

中心部からややはずれた閑静なオフィス街に、本社である二階建てのビルがある。

一階部分が文房具を扱う店舗になっており、二階は経営本部および営業、商品管理部門、企画デザイン部門の事務所だ。

企業や官公庁に小型のＯＡ機器や事務用品を卸すのがメインの仕事だが、注文を受けてロゴや社名などが印字されたグッズを作ったりもする。最近では、ご当地キャラやオリジナルデザインの文具も取り扱いはじめた。

グループ全体での社員数は、結構な人数になるだろう。店舗や直営の工場を含めると、百人は超していると思われる。

志乃のいる二階の事務所には、部長以下デザイナーを含めた二十名が常勤していた。

よく言えばベテラン、はっきり言ってしまえばオッサンばかりの職場で、志乃はしばらく腰掛《か》けＯＬ扱いだった。

けれど結婚する相手もいないし、スキルアップのために転職する予定もない。

志乃は与えられた業務を愚直にこなした。人間関係を鬱陶《うっとう》しく感じることはあるが、仕事自体は嫌いではなくなった。

残業や休日出勤をいとわず、単調で細かい作業を黙々とこなす志乃は、次第《しだい》に重宝される存在になっていった。なんだかんだと雑用も多いこの職場では、志乃のような地味な仕事を好む人間が必要不可欠なのだ。

今日は会議資料の作成を頼まれている。いま、ハートのクリップでとめているこれだ。文具メーカーということもあり、普通の会社なら遊びだと言われかねないクリップアートも、「こういう発想も楽しいね」と社長などには喜んでもらえる。

自分用のファイルやノートは、カラフルなマスキングテープでデコレートしている。いまのところ、駄目とは言われていない。

「あなたの感性って、ほんとうに変わってる」

わが社が誇るプロダクトデザイナーの浜地莉々子が、いつのまにか志乃のデスクのすぐ横に立っていた。

四月に赴任してきた彼女は、志乃になにかと用事を言いつける。

「女子力アピールしようと思って、今日はハートのクリップで攻めてみました」

「社内ではいいけど、間違っても顧客に出す資料には使わないでね」

「――もちろんです」

志乃はメガネのフレームを親指と人さし指で挟み、クイッと上げた。

以前、社外に送る案内状に、キュートなキノコの形をした付箋《ふせん》を貼って驚かれたことがある。ユーモアの通じる取引先で助かったが、浜地にしこたま怒られたので、以後は気をつけていた。

「で、なにか仕事ですか？　今日はとくに予定もないので、残業なども承りますが」

仕事のあとに約束のある日などめったにないが、ささやかなプライドを保つために〝今日は〟という単語をあえて使う。

「頼みたいこともあるけれど、その前にアルバイトがひとり入ることになったから紹介するわね」

パーテーションで区切られた小さなミーティングルームに向かって、浜地は「海老沢《えびさわ》くん、ちょっとこっちに来てくれるかな」と声をかけた。

黒のパーカーにカーゴパンツという、ストリート系の格好をした男子がやってくる。明るめの髪をふわっとまとめ、両耳にピアスをつけたチャラい系だ。しかも、フロントとサイドの色が違うシャレオツなメガネを胸もとにひっかけている。

エビ、と聞いて、「ウェーイ、ウェーイ」と集団でVサインをするザリガニの姿が思い浮かんだ。

エビ？　カニ？　ザリガニって正確にはどっちだ？　あとで調べることにしよう。

「海老沢勇樹《ゆうき》っス。大学二年生なんスけど、冬休み中、アルバイトがてら現場体験をしよう思って。よろしくお願いします」

最後の「お願いします」は「おねしゃーす」と聞こえた。

ああ、ちょっと苦手かも。こういうキラチャラ人種には、どうしても気おくれしてしまう。が、ここは仕事場である。自分は一応先輩の立場にあたるわけだし、しっかりせねばと心に言い聞かす。

海老沢は、大学でデザイン工学を勉強しているということだった。

わが社とつきあいのある教授の研究室にこの秋から配属になったそうで、武者修行させてやってほしいと頼まれたという。昨日、終業時刻が過ぎたあとに会社に顔を出し、ほかの社員にはすでに挨拶を済ませていたそうだ。

教授が推薦するくらいなのだから、優秀な学生なのだろう。

海老沢は、志乃の机の上にあったハート形のゼムクリップを指でつまんだ。

「これ、ひとつもらっていいっスか？　こういう感性って女子っぽいっスよね。見習いたいなあ」

すいぶんと人懐っこい子である。

自己紹介を終えた海老沢がミーティングルームに戻ったので、志乃はふうっと肩の力を抜いた。

ハートをひとつ持っていかれてしまった。また追加分を作らなければ。

志乃は一度しまった道具をふたたび机の上にセットする。作業を再開しようとしたとき、浜地から本題を切り出された。

「そうそう、ちょっと頼みたいことがあってね」

浜地は志乃のデスクの上に、ノートを一冊とボールペンを三本置いた。

「これの書き味を試してほしいの」

「わかりました」

ペンの書き味、ハサミの切れ具合、テープの耐久性。商品テストはお手のものだ。

「どれくらいでインクが切れるのかも把握しておきたくて。このペン三本、使い切ってちょうだい」

「えっ」

「ノートが足りなくなったら追加するから」

なんですと？　このノートいっぱいにインクが切れるまで文字を書けと。

いつになく地味でハードな依頼だ。こういうことこそ、新人にやらせればいいのに。

聞けば、とある企業の創業五十周年の記念品らしい。これからも質のよい仕事を長く続けていきたい。そういう願いを込め、ボールペンの質にもこだわりたいとのオーダーがあったそうだ。

「書き味、インクの切れ、疲労度を詳細にレポートしてちょうだい。あとは気づいたことはなんでも教えて。できる部分は改良するから。書き終わったノートは取っておいてね。一行空けたりとか、文字をむやみに大きくしたりとか、手を抜かないでよ。まあ浦田さんなら大丈夫かな」

我ながら単純だが、「浦田さんなら大丈夫」の言葉に弱い。

期限を確認し、付箋にスケジュールをメモしてデスクに貼りつける。

よし。自分が厳しい視点で、このボールペンのスペックを見極めてやろう。


志乃は西木小井駅をふらふらになりながら出ると、駅の外壁にある時計を見て、まっすぐに眼鏡店Ｇｒａｎｚへと向かった。

午後六時半。閉店まであと一時間ある。

「こんばんはー」

いつものように、まずは入り口右側にある窓際のガラス棚を見にいく。来客があれば遠慮しておくところだが、この店が混雑しているところを一度も見たことがない。

天王寺は作業中だったようで、大きなゴーグルをつけたまま奥のスタッフルームから出てきた。

眼鏡屋の店員はスーツがデフォルトだと思っていたが、天王寺はいつも黒デニムのエプロンを着けている。彼は本来、技術者であり、工房がメインの仕事場らしい。

店長もいるにはいるようだが、妖精のように不確定な存在で、その姿を見た者は天王寺以外誰もいないという。

天王寺は志乃の姿を一瞥すると、あからさまに迷惑そうな顔をした。

「何度言ったらわかるんだ。ここは喫茶店じゃねぇ」

客商売をしているとは思えない態度は毎度のことだ。けれど、志乃とのばかみたいなやりとりを楽しんでいるふうでもあった。

「やだー、ほんとは来てもらって嬉しいくせにー」

「いまはそんな冗談に構ってる余裕はねえ。こう見えて、俺だって忙しいんだよ。クリーニングなら勝手にやってくれ」

天王寺が指さす方向には、このあいだまではなかった超音波洗浄機が置いてあった。

「いつでも自由にクリーニングしてもらえるようにって、店長が……え、あ、なにー?」

奥にいる誰か――おそらく店長に呼び出されたのだろう。天王寺はチッと舌打ちをしながら奥に引っこんでいった。

カウンターの端《はじ》に置かれた超音波洗浄機で、志乃はブクブクとメガネを洗う。

家や職場にこういうのがひとつあると便利だなあ。けれど、この眼鏡店に来る理由がなくなってしまうから、自分では絶対に買わない。

しばらくすると、カフェボウルののったトレーを手に、天王寺がふたたび店に出てきた。

「疲れたときには甘いものがいいんだとよ」

今日のお茶はチャイ・ラテだ。ちょっとスパイシーな香りのする、砂糖とミルクのたっぷり入ったインド式ミルクティーである。

この店の妖精さんは、いつも志乃の気分にあったお茶でもてなしてくれる。

ラウンジに移動し、淹れてもらったチャイ・ラテを飲んで体をあたためると、志乃は通勤バッグに入っていたノートとボールペンを取り出した。浜地に頼まれた例のブツだ。ノートはすでに四分の一まで埋まっていた。けれど、まだ残り四分の三もある。ゴールまでは、まだ遠い道のりだ。

7ミリ幅のA罫《けい》でよかった。B罫だったら、ちょっとキツい。

ノートの左右のページに、まずは三等分するラインを引いた。三種類のボールペンの書き味を比較しやすくするためだ。

――あいうえお。かきくけこ。

――本日はお日柄もよく。いろはにほへとちりぬるを。

手近にあった説明書の文章を書き写したりもしたが、細かい文字を読むという行為に意外と時間をとられることがわかり、効率を考慮してすぐにやめた。

「指が痛くなるから、A社のペンはナシだな」

細い軸のものは指や手首に負担がかかる。グリップ部分は、ゴムやウレタンよりもシリコンラバーが断然いい。

「さっきからなにやってんだ?」

いつのまにか天王寺がそばに来ていて、志乃のすることを眺めていた。

あいうえお、かきくけこ、と声に出しながら文字を書いていたことを思い出し、羞恥《しゅうち》で悶絶《もんぜつ》しそうになる。

「いまやっていることにタイトルをつけるとしたら、『三種のボールペンにおける耐久性と体への負荷の比較実験』というかんじかな。ノートをまるまる一冊使って、ボールペンの書き味を試してるの。仕事の合間にちょこちょこ進めてたんだけど、全然終わらなくて」

「へえ、どれ」

天王寺が向かい側に座り、ノートを手もとに引き寄せた。そして志乃が持参したボールペンのひとつを手にし、すらすらと文字を書きはじめた。

——累進屈折力《るいしんくっせつりょく》レンズ、偏光《へんこう》レンズ、非球面、瞳孔間距離、両眼視機能、毛様体筋。

目やレンズに関する小難しい用語がノートに並ぶ。意外ときれいな字だ。

志乃以外の人間によるものだとこれではバレバレだが（しかも浜地はこの店のことを知っている）、ノートとペンが消耗されていくのは歓迎すべき点だったので、志乃は黙っていた。

天王寺の書きたいように書かせておいた。

けれどすぐに「飽きたー」と言って、天王寺が背もたれにひっくり返った。できればもう少しノートを埋めてほしいのだが。

「ひらがなの〝む〟を百回書いてみてよ」

「む？」

むむむむむむむ、とつぶやきながら、天王寺は素直に文字を書きつらねる。

ところが三十回を超えたあたりから、眉間にしわが寄りはじめた。

「……なんだこれ。文字に見えなくなってきたぞ。〝む〟ってこんな字でよかったか？」

「ゲシュタルト崩壊するよねー」

「ヤバい。蟲《むし》に見えてきた」

うへー、気持ちわるー、と頭をかきむしる天王寺を見て志乃は笑った。

「ノート書き終わりました！　C社製のがインクがなめらかで均一な書き味だし、ほかのに比べて腕も疲れませんでした！」

努力と根性で、浜地から依頼を受けた仕事は三日で完遂させた。志乃が提出したノートと報告書に目を通し、浜地が満足そうにうなずく。

「ほんと、あなたみたいな人がいると助かるわ」

褒め言葉として受け取《と》っていいのか微妙だが、頼りにしてもらえたと思えば嬉しい。

浜地はノートをめくり、「へえ」とか「ふうん」とか言いながら、ときどきページを繰《と》る手を止めた。ボールペンでぎっしり文字を書き散らしただけのノートであるが、志乃はところどころで説明を加える。

「途中からは美文字を意識してみました。あとは筆圧を変化させたり、スピードを変えてみたりして、文字の太さがどの程度変わるのかを検証しました。インク溜まり、かすれがないかも確認しました」

「ごくろうさま。レポートの内容は、今後の商品開発の参考にもさせてもらいます」

よし、ミッションコンプリート！

浜地はデスクの上に並べられていたファイルの中から書類を一部抜き取り、志乃に差し出した。

「これ、コピーして持っておきなさい。社内コンペの案内よ。新商品のアイディアを募集するらしいから、あなたも出してみれば？」

「え？　正社員じゃなくてもいいんですか？」

わが社では定期的にアイディア商品の募集をしている。Ｂ４サイズのポスターがそこかしこに貼ってあり、ちょっとしたボーナス的な賞金も出ることになっていた。

少し興味はあったけれど、自分には関係のないことだと思っていた。精鋭のデザイナーがプランを提出しても、採用されずに該当作なしで終わる回も多いと聞く。

「前から思ってたけど、あなたってほんと不思議なセンスをしてるわよね。デスクの上が南国みたい」

浜地の視線につられて振り向くと、確かに自分のデスクの上は派手な色をした小物であふれ返っていた。カプセルトイでゲットした、赤い頭と青い羽を持つコンゴウインコもペン立てにとまっている。

事務用品を扱うような堅苦しい職場なので、雰囲気をやわらげようという目論見《もくろみ》もあった。が、はっきり言ってしまえば、ただの趣味だ。

かわいらしいマスキングテープを使って文房具をリノベーションすることもあるが、どちらかというと民族衣装のような派手な柄《がら》が多い。自分ではかわいいと思っているのだけれど、年配のオジサン社員はたいていびっくりする。

「海老沢くんもコンペにチャレンジするみたいだし、お互いに刺激し合って頑張って」

「はい！」

契約社員のＯＬとデザイナーの卵。そんな下っ端でも正社員と同列に扱ってくれるなんて、若手が育つ優良企業の鑑《かがみ》ではないか。

どこまでできるかわからないが、やってみよう。

志乃の心は、チャンスを楽しむ気持ちであふれていた。


仕事が終わったあと、リサーチがてら会社の一階にある店舗に寄った。

事務所は午後五時半が終業時刻で、残業することもままあるが、最近はイベントごとも落ち着いたせいか定時に帰してもらえることが多い。

今回の社内コンペのテーマは、『あっと驚く楽しい学用品』であった。

学用品、とひと口で言っても、その裾野は広い。鉛筆や消しゴム、定規《じょうぎ》やマーカーなどといった筆記用具から始まり、のり、ハサミ、コンパス、スケッチブックや絵の具、習字セットや地球儀だって広義では学用品だ。

店舗に足を踏み入れた志乃は、小学生のころのようなわくわくした気持ちになって店内を眺めた。

ここに来たのは久しぶりだ。

一階店舗は、昔ながらの文房具屋さんといった風情で、フロアいっぱいに什器《じゅうき》が並び、メーカーからの販促物や手書きのポップが貼られている。

有名文具メーカーの売れ筋商品はもちろんのこと、美大生や建築関係者が使うような専門の道具も扱っているので、わりと繁盛しているようだ。

以前は志乃も、必要なものはここで買っていた。社員割引が魅力的だったからだ。

けれど、しだいに足が遠のいた。消耗品は会社から支給される。自宅に帰ってまで文房具を使うようなこともない。近すぎる観光地に地元民が行かないのと同じで、めったなことでは事務所の人間は店舗に顔を出すことはなかった。

――でもやっぱり楽しいなあ。

定番の学用品をひととおりチェックし、製図道具などの専門コーナーも回る。

そのとき、業務を終えた海老沢とばったり遭遇してしまった。

「あ」

「あ」

事務所以外で職場の人間と会うと、プライベートの一部をのぞかれたような気持ちになって、居心地が悪い。

「……どうも」

ぺこりとお互いに頭を下げる。

海老沢は、かごに方眼紙やら定規やらをたくさん入れていた。

「文具メーカーでバイトするって言ったら、ゼミの連中に頼まれちゃって。社割が利くって、すっごくありがたいっスよね」

海老沢はキラキラした笑顔で屈託なく笑った。見た目はチャラいけれど、学業はしっかりこなしているらしい。志乃の中で、海老沢を見る目がちょっと変わった。

「志乃さんは？」

いきなり下の名前で呼ばれ、志乃は戸惑った。事務所ではほぼ「浦田さん」で通っていて、名前で呼ぶのは父の知り合いである人事部長くらいだ。

「馴れ馴れしかった？　でも俺ら、たいして年違わないでしょ？」

大学二年生ということは二十歳くらいだろう。一応、同じ二十代前半ではあるが、いきなりタメ口でこられるほど近いものではないと思う。

でもまあ、わざわざ呼び方を変えさせるほど上下関係をきっちりさせるタイプではないし、アルバイトも契約社員も似たようなものなので、そこは軽くスルーしておいた。

「コンペのアイディアにつながるものがないかなと思って。海老沢くんも出すんでしょ、コンペ」

「大学でも公募はしょっちゅうなんだけど、プロに交じって実用化を目指す的《てき》なんじゃないから。アルバイトにも平等にチャンスをくれるなんて、この会社、いいとこあるよねー」

「私も思った。将来、こういう会社が伸びていくんだろうね」

先輩としてもっともらしいことを言ったら、「さっすがー」と海老沢に尊敬のまなざしを向けられた。

「じゃあ明日、また会社で」

そう言って海老沢と別れたあとも、志乃はしばらく店舗の中を見て回った。

文房具以外にも、ハンドメイドの材料が単品やセットで売られている。スタッフが作成したのか、それともメーカーから配給されたサンプルなのかはわからないが、できあがった見本もたくさん飾られていた。

眼鏡店Granzの商品棚を見ているときみたいに、心がときめく。

数分後、まだ会計レジの前にいた海老沢に「志乃さーん」と呼ばれた。

「ごめん、お金貸して」

「え？」

「友達の分を立て替えなきゃいけないの忘れてて。二千円でいいから」

怪訝そうに見ているレジの店員は、昔からここで働いている中年女性だ。親しく話したことはないが、挨拶くらいはするので、志乃のことも社員だと認識しているはずだ。

志乃はレジの店員に「すみません」と頭を下げると、財布の中から千円札を二枚取り出し、海老沢に渡した。

「サンキュー。今日このあと、学校に行って集金するから、明日必ず返すね。ほんと志乃さんがいてくれて助かったー」

拝みポーズでぺこぺこと頭を下げる姿は、志乃自身が大学生だったときにも何度も目にしたことがあった。こういう場合、お金が返ってくる確率はフィフティ・フィフティだ。貸したほうはいつまでも覚えているけれど、借りた側はケロッと忘れてしまうことが多い。

けれど海老沢は翌日、封筒に二千円を入れて、ちゃんと志乃のデスクまで持ってきた。ご丁寧に、利子《りし》のペットボトルの紅茶付きで。

「ほんっと昨日は助かった。いつも多めに持ち歩いてるんだけど、昨日はゼミの先生にまで頼まれててさ」

「ふーん、頼りにされてるんだね」

「っていうか、都合よく使われてるだけなんだけど」

彼も彼なりに人間関係で苦労しているのかもしれない。キラチャラ男子だからといって、学内でもちやほやされているとは限らないのだ。

そういえばザリガニというのは、名前にカニとあるくせにエビ目に属しているらしい。

人もザリガニと同じだ。名前や見かけで判断しちゃいけない。自分だって、ファッションだけで腰掛けOL扱いされ、嫌な思いをしてきたではないか。

うしろ向きで事務椅子を滑らせて移動する海老沢の姿はまさしくエビで、『名は体をあらわす』もまた真理、とひそかに思ったのではあるが。

それからというもの、海老沢はなにかにつけて志乃に話しかけてくるようになった。

年が近いせいもあるだろう。お金の貸し借りといったことは初日の一度きりで、普段は仕事上の些細《ささい》な質問をしてきたり、お昼の時間に隣にやってきたりと、人懐っこい後輩が先輩に甘えてくるようなかんじで接してくる。

最初は戸惑っていた志乃も、海老沢の明るさにつられて笑うようになっていた。

コミュニケーション能力が高いので、海老沢は社内の人間だけではなくクライアントからもかわいがられているようだ。

「浜地さんの打ち合わせについてったら、卒業後にうちに来ないかって言われたんだよね。就活ってこんなチョロいもん？」

「いや、私のときはそんなことなかったね。コネをフル活用して、ようやくこの会社の契約社員になれたんだから」

相手担当者のリップサービスかもしれないが、人当たりがよいので人材的には優秀だと思われたのかもしれない。

そして海老沢の対人スキルは、志乃に対してもいかんなく発揮された。

「女の子は、そんなにガツガツしてないほうがいいよ。男にとって、庇護欲がそそられるくらいがちょうどいいんだって。みんなが浜地さんみたいなタイプだったら、俺、こんなにリラックスできないもん」

フォローも完璧《かんぺき》だ。

海老沢は技術力もあり、アシスタントとしての働きぶりも評価されていた。

最先端のソフトを使ったグラフィックデザインなどは、本職顔負けの細かい作業をあっという間にこなす。

いつもならこういう人種には壁をつくってしまう志乃も、海老沢の有能さには素直に感心させられ、ときには教えを請うこともあった。

「ソフトが優秀なんだよ。俺がしているのは画像の加工だけだから」

いや、優秀な人材というのは、どこに行っても輝けるものなのだ。

ただ、問題点がないわけではない。

「志乃ちゃんって彼氏いないの？　うちの学部、彼女いない奴が多くてさ。今度友達紹介してよ」

いつのまにか、呼び方が〝志乃さん〟から〝志乃ちゃん〟に変わっていた。格下げなんだか格上げなんだかわからないが、すっかり友達感覚である。

志乃は職場の人間との馴れ合いをあまり好まない。仕事場を出てからの飲み会も、絶対参加の最低限のものだけと決めている。

「私、こっちの友達少ないんだよね。大学は東京だったし」

「あー、そうなの？　残念」

地元の友人はいるが、だいぶ疎遠になっている。

それに、恋人を欲しがっているのも、海老沢自身ではない。あくまでも〝学部の友達のため〟だ。

〝友達の友達は、みな友達〟という感覚が、志乃は苦手だった。決して悪気はないのだと思う。純粋な善意で、出会いの場を提供したいと言っているのかもしれない。

そんなふうにプラスの方向に考えていたけれど、仕事が終わったあとのビルの裏口で、海老沢と一階店舗の若いスタッフが話をしているのを聞いてしまった。

「美結《みゆ》ちゃん彼氏いないの？　そんなにかわいいのに？　マジで？」

「かわいくないよー。もうオバサンだしー」

「なに言ってんの。美結ちゃんがオバサンなら、うちの事務所なんてババアばっかだよ」

「海老沢くんったら、ひっどぉい」

ちょっと派手なタイプの美結ちゃんは、盛った睫毛《まつげ》をパチパチさせながら口をとがらせる。海老沢も相手の女の子も、こうして事務所のババアが通りかかる可能性を考慮していないのだろうか。

経験値が低いゆえの危うさだろう。この場にいたのが志乃だけでよかった。

海老沢は自分の友達の友達について、おもしろおかしく話している。美結ちゃんはそれを聞いて「ウケるー！」と笑っている。

まあこっちも本気で合コンなどしたいとは思っていなかったし、ほかに候補があるならぜひともそっちを活用してほしい。

海老沢と美結ちゃんは、キャッキャウフフとふざけあっていて、狭い水槽の中でたわむれる、水辺の生き物たちみたいだった。

海老沢は気さくでいい奴だが、やはりキラキラ男子にはキラキラ女子が似合っている。

会社の行き帰りでも、志乃はつねにコンペの題材について考えていた。こんなにひとつのことに思いをめぐらすのはいつ以来だろう。

中学時代、好きな男子にどうやってチョコレートを渡そうかと悩んだことがあった。放課後に呼び出して、真っ向から勝負しようか。それとも友達と一緒になって、どさくさに紛れて渡してしまおうか。

結局、その年から学校へのチョコレートの持ちこみが禁止され、悩みも無駄になったのだが、あのときは、ティーンズ向けの雑誌を見て、情報収集をしたんだっけ。

そんなことを思い出し、とある文具メーカーのサイトを見たら、いま大ヒットしている消えるボールペンなど、発案から製品化まで三十年かかったそうだ。

何気《なにげ》なく使っている文房具だが、あらためて分析するといろいろな技術とアイディアが詰まっている。一方、平凡な主婦のひらめきから生まれた商品がまたたくまに売れ、億単位の特許料を得たという事例もある。

ヒントは身近にあるはずなのだ。なにかアイディアが転がっていないだろうか。

夕方、西木小井駅を出た志乃は、花壇の前にあるベンチに座りながら、道行く人たちをウォッチングした。おしゃれエリアといっても、小学生からお年寄りまで、さまざまな人が住んでいる。

テスト前なのか、べっ甲のおしゃれなメガネをかけた見覚えのある男子高校生が、柱時計に寄りかかりながら参考書を読んでいた。

そうだ。こんなときこそ、あの眼鏡店だ。

志乃はいつものようにＧｒａｎｚに寄ると、ガラス棚に並べられているフレームをひとつひとつ丁寧に見た。

花の形が彫られているもの。星、水上の波紋、音符。ひと目でモチーフがわかるものもあれば、複雑な幾何学模様が描かれているものもある。

最近、物の造形を意識しはじめたせいかもしれないが、あらためて見るとこの店のメガネはどれも繊細なバランスでできていて、長いあいだ培われてきた技術とセンスによって緻密《ちみつ》に計算されたものなのだと気づかされる。

ここのデザイナーは、どんなフィルターを通して世界を見ているのだろう。自分もこんな世界観を作り出せたらいいのに。

「なんだか楽しそうだな」

奥から出てきた天王寺が、ティーカップをカウンターに置いた。今日は紅茶の横に、スプーンに盛られたジャムが添えられている。

「ロシアンティーだそうだ」

ジャムののったスプーンを琥珀《こはく》色の液体の中に沈めると、きらりと光って紅茶の膜に閉じこめられた。

「きれい」

ジャムと紅茶。意外なものの組み合わせで、新しいものができる。

そうか。こんな身近なところに、ヒントはあったのだ。


「志乃ちゃんのメガネって、どこで買ったの?」

会議室で弁当を広げながら文房具の専門誌を眺めていたとき、コンビニ弁当を手に提げた海老沢がやってきて、そんなことを尋ねた。

「西木小井町にあるGranzって眼鏡店。目立たないところにあるんだけど、すっごいセンスのいい店なの」

「へえ、志乃ちゃん西木小井に住んでんの? 金持ち~」

いや、その隣の東普那町なのだが。曖昧《あいまい》に笑って「ぜんぜん金持ちじゃないよ」とだけ言っておく。

「海老沢くん、メガネ作るの? いまはコンタクト?」

海老沢は普段は素顔で、パソコンのモニターを見るときだけメガネをかけている。以前見た、シャレオツなメガネである。

「いや、視力は悪くないんだ。パソコンを使うときのブルーライトカットと、遊びにいくときの伊達《だて》メガネくらい。ただ、志乃ちゃんのメガネフレーム、めちゃくちゃ凝ってるなと思って。ちょっと見して」

志乃がメガネをはずして差し出すと、海老沢はいろいろな角度からフレームを眺め、たたんだり広げたりしながら質感を確かめた。

「これだけ緻密な細工がしてあるのに、弾力もあるし触り心地もいい。ブランド名は……『３Ｊ』？　聞いたことないな。ハンドメイド系？」

ハンドメイド系ってなんだ？　手作りかそうじゃないかなんて二者択一じゃないのか？　けれど、デザイン工学を専攻しているだけあり、海老沢の商品を見る目は鋭かった。

「メガネにハンドメイドがあるかは知らないけど、多分そこでしか扱ってない一点もの。店の裏に工房があって、レンズの加工なんかはその場でやってくれるよ」

「ふうん。見に行ってみようかな」

天王寺がどんな反応をするかと思うと微妙な気分であったが、五種類のメガネをレンタルで試させたりするなど、男性顧客である鮫嶋に対しては面倒見がよかった。

それに海老沢はとても人懐っこいので、天王寺のふところにもするりと入ってしまうかもしれない。

ところが翌日、海老沢の口から出たのは、眼鏡店Ｇｒａｎｚへのクレームであった。

「なんだ、あの店。店員の態度が最悪じゃん。あれで客商売？」

ああ、やはり相手が海老沢でも、天王寺の態度の悪さは変わらなかったか。

「すぐに追い返されてさ。志乃ちゃんの紹介だって、ちゃんと言ったのに」

「私の紹介だって言ったの？」

名前を出して融通が利くほどの上客ではない。どちらかというと、勝手に入り浸って迷惑をかけているほうだ。

「うん。だって実際そうじゃん？　だから工房くらいは見せてくれるのかと思ったのにさ」

「マジかー」

購入するわけでもないのに、それは厚かましいのではなかろうか。

デザイン工学科の学生なら、あたりまえのように工場などの現場を見せてもらえるのかもしれない。だが、さすがにあの店では〝友達の友達は、みな友達〟というノリは通用しないだろう。

「……ちょっと気難しい眼鏡店だからね。海老沢くんも積極的なのはいいけど、アポなしで見学に行ったら店側だって迷惑だと思うよ」

「そっか。そこまで気が回らなかった。ごめんね、志乃ちゃんの行きつけの店だったのに最悪とか言って」

「いいよ、確かに店員の態度は最悪だから」

あはは、と笑って自分の席に戻った。彼だって悪気はないのだと思う。――けれど。

その日の帰りにＧｒａｎｚに寄ると、天王寺の周りには低気圧がたれこめていた。

海老沢はすぐに追い返されたと言っていたし、もしかして、なにかとんでもないことをやらかしてしまったのだろうか。

「先日、後輩がお邪魔したみたいで……」

カウンターの向こうの天王寺は、無言で商品のメガネを拭いている。こっちを見ようとさえしない。

志乃は委縮しながら説明を試みた。

「その……いま社内コンペに向けてアイディアをかき集めているところで……後輩は私のメガネの細工にいたく興味をそそられたらしく、こちらの眼鏡店のことを教えたしだいでありまして……後輩は追い返されたと申しておりましたが、なにか粗相をいたしたのでしょうか……」

「やめろ。うざい」

目いっぱい下手に出たのに、うざいのひと言で片付けられてしまった。

天王寺は拭き終えたメガネを傍らのトレーに置いた。そして憮然とした口調で言った。

「おまえの後輩かなんか知らんが、ああいう奴は来させるな」

志乃は驚いた。多少馴れ馴れしい部分はあるが、そこまで言われるほどではないと思っていたからだ。

天王寺の話によると、昨日Ｇｒａｎｚを訪れた海老沢は、「マジでかっこいいメガネっすねー」と言って、陳列されているメガネフレームをいきなりスマートフォンで撮影しだしたのだそうだ。

撮影禁止の貼り紙はされていないが、マナーとしてはけっこうまずい。せめて店員に断りを入れるべきである。

「すみません……上司にも報告しておきますんで……」

「大丈夫だ。その場でデータを消去させた」

うわー、そこまでやるか。

だから海老沢も怒り狂っていたのだ。ちょっとデザインの参考に、のつもりが、まるで犯罪者扱いである。

「本人も、一応は反省してたみたいだから。店長さんにもすみませんでしたって伝えといて。ほんと、ごめんなさい」

「だから、なんでおまえが謝るんだよ」

天王寺は、ますます不機嫌になった。


それからは、居残りをしてコンペの準備をする日が続いた。海老沢もパソコンを使って、なにやら作業をしている。

「志乃ちゃん、頑張るねー」

そう言いながら、海老沢が志乃のぶんもコーヒーを淹れてデスクに置いてくれた。明るいし、仕事に関してはまじめだし、基本的にはいい子なのだ。

——あ〜……Ｇｒａｎｚに行きたいなあ……。

インスタントのコーヒーに口をつけながら、志乃はため息をつく。なんだか気まずくて、あれ以来、眼鏡店の前を通ることすらできない。

メガネを見に行くのは、コンペが終わったあとの自分へのご褒美にしよう。そんなふうに前向きに考え、ふたたび案を練る。

そんなある日、一階店舗のスタッフが事務所に届けものにやってきた。このあいだ海老沢に「かわいいー」と言われていた美結ちゃんだ。

少し離れた場所にある企画デザイン課から、海老沢が小さく手を振っている。美結ちゃんは軽く会釈をし、奥の窓際にある商品管理部の主任のところへ向かっていった。

主任は一階の彼女の話をウンウンとうなずきながら聞くと、「浦田さーん」と手招きして志乃を呼んだ。こういうときは、なにか雑用を頼まれると相場が決まっている。

「なんでしょう？」

「ちょっとさ、一階店舗からの物品の搬入手伝ってよ。業者が間違って店舗に配達したらしくて」

「……はあ」

こういうときこそ、二十歳の若者の出番ではないか。そう思ってデザイン課のデスクにちらりと視線を向けると、海老沢は浜地となにやら打ち合わせを始めていた。

「すみませえん」

一階の美結ちゃんは、申し訳なさそうに志乃にぺこりと頭を下げた。

「いいえ、業者の手違いですから。こっちこそ、わざわざすみません」

「私も伝票見て気づけって話ですよねー」

美結ちゃんは長い睫毛をパチパチと揺らした。やっぱりキラキラ女子であったが、意外にもほがらかで感じのよい子だ。

間違って届いた備品は大量で、一階店舗の手の空いているスタッフが、総出で手伝ってくれた。事務所側の人間は志乃ひとりである。

「ほらほら、渋谷《しぶたに》さんは腰痛めてんだから軽い荷物だけにして。っていうか、こういうのは私らに任せて店のほうに行ってなよ」

「大丈夫。立ってばかりよりも体動かしたほうが楽なのよ」

渋谷さんと呼ばれたのは、いつもレジに立っている古株の中年女性である。店舗スタッフの人間関係は良好のようだ。

こっち側の荷物が間違って届いたのだから、店舗スタッフが手伝う義務はない。そして本来、荷物を運ばなければならない事務所の人間は、誰ひとりとして手を貸してくれようとはしない。

「うちらはこういう仕事、慣れてますから」と店舗スタッフは笑ってくれたが、志乃はなんだか申し訳ないような情けないような複雑な気持ちになった。

届いた荷物を物品庫内で整理する作業は、志乃が請け負った。

「手伝いましょうか？」と美結ちゃんは申し出てくれたが、これ以上店舗スタッフに迷惑をかけるわけにはいかない。それに、物品を陳列するのは得意な作業だ。

段ボールを開け、分別しながらスチール棚に並べていく。ロット番号——箱に書かれた製品番号も控えておかなければならない。

物品庫で作業をしているときも、事務所の人たちは「お疲れさん」とひと声かけて通り過ぎていくだけだった。やはり誰も手伝おうとは言ってくれない。

人間性って、こういうところであらわれるものだな。

黙々と手を動かしながら、志乃は思う。


結局、物品庫の整理が終わったのは、終業時刻をだいぶ過ぎたころだった。

膝と腰がやたらと痛む。日ごろ、どれだけ運動していないかが一目瞭然だ。寒い中、体を動かし、汗をかいたり体を冷やしたりしたせいか、少し寒気もしていた。

膝の痛みは発熱のせいかもしれない。そんなことがふと頭をよぎったが、大丈夫だと打ち消した。社内コンペの締め切りまで、あとわずかだ。体調を崩している場合ではない。

事務所に戻ると、なぜか志乃の椅子に海老沢が座っていた。

「お疲れ～」

無邪気な笑顔が心に刺さる。

海老沢は「志乃ちゃんのこと、待ってたんだよね」と言いながら腰を上げた。

椅子が生ぬるくて気持ち悪い。疲れているせいか、やけに気持ちがささくれだっていた。

「打ち合わせが終わってたなら、手伝いに来てくれてもよかったのに」

「え、でも志乃ちゃんが頼まれた仕事でしょ？　勝手なことしたらまずいじゃん」

やっぱりこの子もみんなと同じなのか。

でも、海老沢はまだマシなほうかもしれない。残業していたほかの社員は、いままで志乃が倉庫にいたことに気づいてすらいないようだった。

「それよりさ、これコンペに出すやつ？　机に出しっぱなしだったから気になってさ」

急に用事を言いつけられたので、手が空いたときに進めようと思っていた試作品を片づけそびれていた。

「まあね。試行錯誤してるところだけど」

「UVレジンか。おもしろいね」

光で硬化する特殊な樹脂を使い、太陽光やUVライトで照らせば、誰でも手軽にガラスのようなきれいなアクセサリーを作ることができる。アイディアに詰まっていたとき、眼鏡店Granzで出してもらったロシアンティーがヒントになった。

海老沢はデスクに片手をつき、首を傾けて志乃の顔をのぞきこむ。

「よかったら、これ共同で出さない？　アイディアはいいと思うんだよね。でも学用品にしてはデザインがきれいすぎるっていうか、アクセサリー感が前面に出すぎているというか。その辺を俺に任せてくれたら、いいセンいくと思う」

なに言ってんだ、こいつ。

いくらアクセサリー感が強いといったって、これは志乃の作品だ。人に仕上げを任せるつもりはない。

「一緒にやることないでしょ。海老沢くんは海老沢くんで出せば？」

「そっか。それもそうだね」

疲れる。イライラする。

些細《ささい》な言葉が過剰に刺さってしまうのは、体の調子が悪いからかもしれない。

志乃は曖昧に返事をして、帰り支度を始めた。

海老沢が志乃の言葉をどうとらえていたかなんて、考える余裕もなかった。


志乃は結局、熱を出して寝こんでしまい、仕事を四日も休む羽目になった。新年度が始まってから、ずっとハードワークが続いていた。耐え切れなくなった体がSOSを発したのだと思う。

どかんと放出された疲労はおもに粘膜を直撃し、鼻や喉《のど》が赤くただれて熱をもった。実家暮らしでよかった、とこのときばかりは思う。

「ゆっくり休んでいいわよ。あなたの代わりに仕事をしてくれる人はいるから」

あなたの仕事は手分けして引き受けるから大丈夫、と言いたいのだろうが、浜地は気の利いた言葉を選ぶようなことはしない。

呼吸が苦しく、体も動かないせいか、マイナス思考のスパイラルに落ちていく。このまま死んでしまうのではないか。恐怖とともに、喉と関節の痛みが激しくなる。

でも、私がいなくてもなにも変わらない。地球が勝手に回るように、仕事も勝手に誰かがやってくれる。焦ってコンペに間に合わせても、どうせ採用なんかされやしないんだし。

かつての自虐モードがよみがえってきて、志乃は布団を頭からかぶる。

タイミングの悪さは昔からだ。中学のバレンタインのときも、あれほど悩んだのに、まさかの学校からの禁止令だ。

就職活動をしていたときもひどかった。せっかく誰もがうらやむ一部上場企業の二次面接までたどり着いたというのに、急にものもらいができて目が腫《は》れた。面接官の視線は眼帯に集中していて、志乃もまともな受け答えができなかった。

大学時代、友達が部屋に遊びに来ていたときに、当時好きだった相手が訪ねてきたことがあった。ちょうど志乃はトイレに入っていて、代わりに対応してくれた友達が、結局その人とつきあうことになった。

安売りのスーパーで卵を買うために並んでいても、志乃の手前で売り切れる。タッチの差で、電車に乗り遅れる……あげればきりがない。


三日目の夜にはすっかり熱は下がり、大事をとってもう一日休ませてもらったけれど、またたくまに体の調子はよくなった。

熱を出してもすぐに回復するあたりは、若さなのだろう。

録画していたテレビ番組や積んでおいた本は、寝こんでいるあいだに消化した。元気になったのに好きなことばかりしていて、ちょっぴり申し訳なく思ったくらいだ。

体の調子がよくなったら、あっさりとマイナス思考のスパイラルからも脱却できた。病は気から。いや、この場合は逆か。

熱でうなされているあいだも、コンペのことは気になっていた。締め切りまで、あと二日しかない。

書類関係は社外に持ち出すことが禁止されているので、とりあえず家でできることといえば試作品を作ることくらいだった。幸い家には、以前ネイルアートで使っていたUVランプがある。志乃は家の中にある素材をかき集め、モチーフ作りに励んだ。

テーマは『あっと驚く楽しい学用品』である。子供たちが使うもの。楽しく、そして身近な素材でできるもの。

——たとえば、道端に落ちている落ち葉や木の実、雑誌の切り抜き。きれいな包装紙や着なくなった服のボタン。

すぐ目の前にあったのに見逃してきた、たくさんのもの。集めて並べて透明なレジン液で閉じこめれば、素敵な宝物になる。

試行錯誤を繰り返し、ようやくそれらしいものができた。

ヘタならヘタなりに。アクセサリーにしか見えないのなら、それを逆手にとって。

自分が子供だったら、こんなのがあれば楽しいだろうな。童心に返りわくわくした気持ちで作品作りをした。

商品として通用するかは微妙だが、太陽光でも一時間ほどで固まるという手軽さはポイントだ。

明日は久々の出社である。試作品は十分なほどできたから、あとは会社のパソコンを使って書類を作成するだけだ。

ものづくりって、けっこう楽しい。志乃は浮かれた気分で眠りについた。


翌日会社に行くと、志乃が頼まれていた仕事はあらかた片づいていた。

期日に余裕があるようなものはそのままだったが、雑務のたぐいは社員がみずから処理をしたり、ほかの手の空いている者に回したりと、臨機応変に対応してくれたようだ。

もともと、ほかの社員のサポートがメインの仕事だったので、志乃が休んだせいで業務が止まってしまうようなことはない。それでも、かなり気持ちは楽になった。

「おかえり。大変だったね。もう大丈夫なの？」

海老沢は快気祝いにコンビニスイーツを差し入れてくれた。気遣いが心にしみる。

「志乃ちゃんの仕事、俺が引き継いでおいたからね」

「ありがとう。助かった」

志乃が任されていた雑務のほとんどは、海老沢が代行してくれたらしい。

けれど海老沢が引き継いでいたのは、志乃がほかの社員から頼まれていた仕事だけではなかった。

「受け付けられないって、どういうことですか？」

社内コンペの応募書類をそろえて課長のデスクに持っていった志乃は、思いがけない言葉を聞いて戸惑った。

課長は志乃の提出した書類を眺めながら、スクエア型の銀縁のメガネを広げた右手でクイッと上げる。

「応募規定には違反していないが、これを提出するとなるとちょっと厄介なんだよね。海老沢くんから、よく似た企画が出されているから」

「海老沢くんから、ですか？」

デザイン課のほうに視線を向けると、こっちの会話は聞こえているはずなのに、海老沢は素知らぬふりでパソコンの画面を見つめている。

「ああ、これこれ」

課長は引き出しを開けて、クリアファイルに挟まれた書類を取り出し、志乃に見せた。

そこには、クリップ部分に加工がされてあるボールペンの画像が貼られており、『世界にひとつ！　UVレジンで作るオリジナルボールペン』というタイトルが書かれていた。

「これはボールペンだし、浦田さんのとは違うけれど、〝購入者がUVレジンでオリジナル商品を作るキット〟の部分がまるかぶりなんだよね」

「海老沢くん、ほかに企画書出してました？」

「いや、この一点だけだよ」

——やられた、アイディアを盗まれた。

志乃が熱を出した日、海老沢は志乃のデスクで、社内コンペに出す試作品を見ていた。UVレジンを使うということも知っていたはずだ。

——あのヤロウ！

思えば最初からおかしかったのだ。共同で企画を出そうなんて、仮にもデザインを勉強している学生がドシロウトの契約社員に言うか？

偶然アイディアが重なるはずはない。仕事を引き継いだと言ったが、このあいだは頼まれた仕事以外はしないと言っていたし、共同企画の件ははっきり断っている。

抜け駆け、という言葉が頭に浮かんだ。海老沢は、志乃が風邪で休んでいるのをいいことに、ちゃっかり自分の企画としてレジンのアイディアを提出したのだ。

——くそう！　コンビニスイーツくらいで許されると思ったのかよ！

「課長、私のが却下なら海老沢くんのも却下ですよね？　その辺、公正に見てもらえますよね!?」

「まあ、両方提出して、上の判断に任せるというのもひとつの手だが……」

「とにかくフェアな対応をお願いします！」

志乃は気迫を込めて課長をにらんだ。

休憩時間にコンペの件を問い詰めるつもりだったが、海老沢は正午を過ぎるとふらりとどこかへ行ってしまった。

課長は直接海老沢に事の真相を確かめることはせず、上司である浜地に判断をゆだねたようだ。説教らしきものを食らっている姿を見たので、浜地がなにか対応をしてくれたのだと思う。

給湯室をのぞいたり、会議室の扉を開けたり、男子更衣室から出てきた社員に尋ねたりして、志乃は海老沢の行方を追った。

彼は親切のつもりで作業を代行してくれて、勘違いした上司が海老沢の名前で登録してしまったのではないか――。さっきは激昂《げきこう》したが、そんなふうに、海老沢のことを信じたい気持ちもあった。

「アルバイトの若いお兄ちゃんなら、さっき出ていったよ」

警備のおじさんがそう教えてくれたので、志乃は裏口から外へ出た。

通用口のそばにある倉庫の陰で、海老沢の姿を見つけた。誰かと一緒にタバコを吸っているようだ。

時間を改めよう。そう思って背中を向けたが、海老沢のひと声が、志乃をその場に引きとめた。

「浦田さんに裏切られた」

どうやら連れタバコの相手に話しかけているようだ。

「コンペの応募書類、返された。もともと共同企画を提案してたんだ。でも共同で出すことはないって浦田さんが言うから、俺は俺で出したのに」

ああ、完全に意図をはき違えている。

志乃は自分のアイディアで勝負しろという意味で言ったのだ。あのときは熱で朦朧《もうろう》としていたので、はっきりと海老沢に伝えられた自信はないが。

「俺がせっかく完璧な企画に仕上げたのにさ。あとから劣化版を提出して、自分のがダメならあっちもダメだろ、なんて課長に言ったらしくてさ。まじでムカついた」

「ふーん、そんなことがあったんだぁ。残念だったねぇ」

相手は気の毒そうに海老沢を慰めた。声の主は女性だった。

「だいたいさ、事務所の女は浜地みたいに気の強いのとか、浦田みたいな身のほど知らずとか、そんなんばっか。美結ちゃんみたいなかわいい子がいてくれたら華やぐのになー」

「えー？　私だって超口悪いし、気ぃ強いしぃ」

連れタバコの相手は、一階店舗の美結ちゃんらしい。

このあいだ、荷物の搬入を手伝ってもらったときはいい子に見えたのに、やっぱり海老沢と同類だったんだ。

志乃の心に、ふつふつと怒りが湧いた。だいたいいつも、このふたりは周りで誰かが聞いている可能性を認識しないで言いたい放題だ。一度痛い目を見ればいい。

志乃は大声で倉庫に向かって叫んだ。

「身のほど知らずで悪かったな！　他人が苦労して作った劣化版をベースにして、自分で完璧に仕上げて満足か!?」

倉庫の裏にいたふたりが、驚いたように顔を出した。真っ青になった海老沢と目が合い、見えない火花が散る。

「悪口言うなら背後に気をつけな。壁に耳あり、障子に目ありって言うでしょ。誰が聞いているかわからないよ。それに、同じアイディアをぶつけてくるならタイミングを考えなよ。お互い自滅するだけじゃん」

海老沢が気まずそうに視線をそらす。

「人が休んでいるあいだに抜け駆けなんてするなよ。裏切ったのはどっちだよ」

締め切り前の大事なときに熱を出した自分にも非はある。タイミングが悪いのはいつものことだ。でも、他人の褌《ふんどし》で相撲をとるような卑怯な真似はしない。劣化版。身のほど知らず。上等だ。

負け犬だって、必死で生きている。それがわからないようなら、あんたこそかわいそうな奴だ。


病みあがりということもあり、復帰初日は定時であがらせてもらった。

久しぶりに眼鏡店Ｇｒａｎｚに寄ってみる。

海老沢のことで謝罪に訪れたとき以来だけれど、天王寺の機嫌は直っただろうか。

明かりはついているし、『ＣＬＯＳＥＤ』の札もさがっていない。けれど橙色《だいだい》の夕焼けがガラスに反射して、中に人がいるのかよく見えない。

「……こんにちは」

チリンとドアを鳴らしてドアを開ける。カウンターに人の姿はない。

天王寺は最近、奥の工房にこもっていることが多いから、今日もなにか大事な作業をしているのかもしれない。

それにしても、ディスプレイが以前にも増して雑になっている。売れたメガネが置いてあったスペースは空いたままだし、せっかくの新作フレームも、ぎゅうぎゅう詰めになって端っこで団子になっている。

しばらく店に顔を出さないと、すぐこれだ。

ガラス棚の上を整理していると、天王寺がようやく奥から顔を出した。

「来てたなら声をかけろよ」

安定《あんてい》の口の悪さだが、ぶっきらぼうな態度はよく言えば正直で、善人の仮面をかぶって近づいてくる奴らよりよっぽど信用できる。

「このあいだ話した社内コンペ、やっと終わったんだ。だから久しぶりにメガネのクリーニングでもしようと思って」

「あ、そ」

カウンターの片隅に置かれたセルフのクリーニング機を使おうとすると、「ついでに調子も見てやるから、ちょっとよこせ」と天王寺が手のひらを差し出した。

待ち時間のあいだ、いつものようにラウンジに座ってお茶を飲む。

今日は素焼きの茶碗に入ったくず湯が出てきた。とろりとしたしょうが味で、病みあがりの体がほっこりとあたたまる。

志乃はバッグに入れていた紙袋を探った。中にはコンペの試作品が入っている。

くず湯を半分ほど飲んだころ、メンテナンスの終わったメガネを持って、天王寺がラウンジにやってきた。

「だいぶ汚れてたぞ。まめにクリーニングしに来いよ」

物品庫の整理もあったし、寝こんでいるあいだはずっと枕もとに置いていた。埃《ほこり》が隙間にこびりついていたらしい。

磨きたてのメガネをかけると、視界がクリアになった。それだけで、なんだか心の奥まで透明になったような気がした。

「あの、これ、よかったら」

志乃は立ち上がると、持っていた紙袋から試作品のひとつを取り出した。そして天王寺の黒いデニムのエプロンに触れた。

「……なんだよ」

「いいからいいから」

動かないでね、と志乃は四苦八苦しながら、天王寺のエプロンに試作品をとりつけた。

「なかなかいいんじゃない？」

エプロンの胸の部分で、『眼鏡店Ｇｒａｎｚ』と文字の書かれたプレートが光る。

少し青みを帯びた黒縁の小さなメガネのモチーフを、プレートの右端にちょこんとつけてみた。ＵＶレジンで作ったネームプレートだ。

「店長さんの分もあるんだよ。いろいろお世話になってるし。会ったことないけど」

顔を見たことはなかったが、出てくる飲み物はいつも志乃の気分や体調にぴったりで、きっとやさしい人なんだろうなと勝手に想像を膨らませている。

志乃が提出した社内コンペの企画は、プラスチックの板に好きな絵を描き、身近にある素材を貼りつけ、最後にレジンでコーティングしてオリジナルのネームタグを作るというものだった。

ボールチェーンでつなげたり、ブローチにしたり、キーホルダーのストラップをつけたりと付属パーツは選べるが、ネームタグは完全なハンドメイド。仕上げのレジン液さえ大人が管理すれば、モチーフ作りは子供でもできる。

学用品かといえば微妙だけれど、名札を留めるブローチにしたり、カバンに下げるタグにしたりすれば、子供も喜ぶと思ったのだ。

「やっぱりシロウト感あるな。工作レベルを脱してないや」

自分の技術は、まだまだ商品化するには拙《つたな》いのだな、と思い知る。

胸につけられたネームタグを見て、天王寺が「いびつな字だな」とそっけなく言った。

「うるさいな。画数が多いんだから仕方ないじゃん」

本当は、ボールペンとかシャープペンとかのパーツを自由にデザインできればと思った。けれどそれは、志乃の知識では難しく、ネームプレートがせいぜいだった。

課長から見せてもらった海老沢の企画は、まさに自分の作りたかった文房具だ。無理のない設計で、しかも誰もが簡単にオリジナルデザインの筆記用具を作れるというものだ。

志乃のアイディアは着想の段階で止まってしまったが、海老沢はそれを形にすることに成功していた。

「私って、身のほど知らずだよね。このあいだ、ここに来た後輩の子がいたでしょう？ 彼もコンペに出したんだけど、私なんかと比べたら、めちゃくちゃ本格的でさ。デザイン工学科の学生だけあって、技術もプロ並みで。その子から共同で出さないかとも言われたんだけど、私それ、断ったんだよね」

負け惜しみだとわかっていたが、それでもすべてを吐き出してしまいたかった。

志乃は笑顔で話し続けた。

「ヘタだってわかってた。劣化版だとも言われた。けれど、自分だけの力で出したかったんだ。平等にチャンスがあるって言われて、もしかしたらって気持ちもあった。私って、仕事舐めてんのかーってかんじ」

「それのどこが仕事を舐めていることになるのか、俺にはさっぱりわからん」

頭の上に、天王寺の息がかかる。

「悔しいと思うことは、そんなに悪いことか？ チャンスをつかむためには、たくさん失敗して、負けて悔しい思いをして、それでも這いあがって前に進むしかないんじゃないか？　ヘタな奴が頑張っちゃだめなのか？」

「…………」

もしかしたら、天王寺も悔しい思いをたくさんしてきたのかな。

それでも前を向いて歩き続ければ、こんなふうに自信が持てるようになるのだろうか。

「こういうときは泣いていいんだぞ。背中を貸してやるから、思い切り泣いてすっきりしろ。それで明日からまた頑張れ」

「……ありがと」

天王寺は志乃に背中を向けた。泣いているところを見ないでくれるのは、彼なりのやさしさなのだろう。

志乃は天王寺の言葉に甘えて、背中を借りることにした。

バッテンの形になったエプロンの紐の少し上、肩甲骨のあいだにカバンから取り出したハンカチを当てる。メガネをはずしてテーブルの上に置いたあと、天王寺の背中にぺたんと額をつけた。我ながら細やかな気配りである。

声を殺して志乃は泣いた。天王寺はただ壁のように立っていただけだけれど、広い背中があたたかくて、やさしかった。

海老沢に向かってあんなふうに啖呵《たんか》を切ったけれど、本当は悔しくて、悲しくて、やりきれなかった。

あいつは他人を見くだすことでしか自分の価値を認識できない人間なんだ。狭い世界で生きているかわいそうな奴なんだ。

仲間に愚痴を言って、都合のいい嘘をつき、慰めてもらって、自分を正当化している。そんな奴の評価で、傷つけられることなんてない。

大学で専門的に学んでいる海老沢に敵《かな》わないのはあたりまえだ。新しい文房具を創るなんて、シロウトが思いつきでできるような仕事ではないのだ。

でも悔しかった。自分の一生懸命な気持ちを踏みにじられたような気がした。

あんな奴を一瞬でも信用して心を開いてしまった自分は、なんてばかなのだろう。そんなふうに自分を責めた。


カウンターの向こう側にかけられたフクロウの時計が、ホーッと鳴いた。

気がついたら外は真っ暗で、ここ数日のあいだに増えだしたイルミネーションが、星明かりのようにちかちかと灯っている。

志乃はようやく顔を上げた。天王寺の背中が、涙でびしょびしょになっている。

「脱水起こすかも。このあいだも熱で寝こんで汗びっしょりかいたし」

メガネをかけ、椅子の上に置いていたコートも身に着ける。そして冷えて固まりかけていたくず湯を、食べるように飲みこんだ。

「もう大丈夫か？」

振り返った天王寺が問う。

「あたりまえじゃん。回復だけは早いんだよね、若いから。それに私、楽しかったの。自分の頭の中にあったイメージを形にすることが、すっごくおもしろかったんだ。だからまた、いろいろ作ってみる」

「おう、頑張れ」

もっと上手なプレートができるのを期待しているからな、と天王寺は自分のエプロンの胸もとを指さしながら笑った。

これ以降、海老沢と一緒に弁当を食べることはなくなった。

コンペの件で気まずくなったせいもある。だが、それだけではない。海老沢は現場で仕事をするための基礎を、浜地から叩き直されているようだった。

クライアントとのつきあい方や言葉遣い、仕事に対する姿勢など、新人研修のようなことを仕事の合間に受けている。

「些細な部分でも手を抜かれると、会社の仕事自体が雑だと思われるわけ。正社員とか契約社員とか関係ないの。あなたの評価が会社の評価に直結することもある。わかった？」

海老沢は、ふてくされながらも「はい」と返事をしている。

あーあ。私と同じことを言われてるよ。

思えば志乃も大学時代、社会の常識などなにも知らなかった。というより、最近まで学生気分が抜けていなかった。

出勤のときの服装も適当だったし、化粧も最小限だったし。言われたことしかやらないし、浜地に口答えもしたし。海老沢よりも、よっぽど酷かったと思う。

ある意味、海老沢がうらやましい。

大学生のうちに浜地にしごかれて、技術以外のなにかを身につけることができたら、絶対にその経験は糧《かて》になる。

それからしばらく経って、志乃は浜地に呼び出された。

「社内コンペの結果だけど、今回は該当作なしですって。残念だったわね。海老沢くんの企画が、最後まで議論の対象になっていたみたいだけど」

「そうですか」

社内コンペということもあり、志乃の企画も海老沢の企画もとりあえずは受け付けてもらえた。

アイディアについては、海老沢よりも志乃の思いつきのほうが早かった。だが、ＵＶレジン自体は昔から流行っているのだし、ネームタグなんてめずらしくもなんともない。

文房具とのコラボも、遅かれ早かれ、誰かがそのうちやりはじめることだったろうと思う。

まあ妥当な結果だ。

「それで、一階店舗のスタッフが、あなたになにか聞きたいそうよ」

一階店舗と聞いて、海老沢と仲のよい美結ちゃんの存在を思い出す。なにか文句でも言われるのだろうか。

自分は間違ったことはしていない。だから毅然《きぜん》としていよう。たとえ志乃のことで悪い噂《うわさ》が広まっていたとしても、恥じることなどなにもない。

一階店舗のレジでは、いつものようにベテラン店員の渋谷が接客をしていた。けれど志乃の姿に気がつくと、奥からスタッフを呼んでレジの代わりを頼み、「こっちに来てくれる?」とバックヤードまで志乃を連れていった。

パソコンの置かれたスチール机のひとつが渋谷の席のようだ。机の上に山積みになっていた資料の中から、渋谷はクリアファイルに挟まれた書類のひとつを取り出した。

「企画書、拝見しました」

渋谷は志乃に向かって、にっこりほほ笑む。

「コンペの作品は店舗スタッフも目を通すことになっていてね。売り場に置きたい、お客さまに薦めたいと思えるような企画をスタッフ全員で審査するの。そしたら美結ちゃんが、浦田さんの企画がおもしろそうだから、うちでやってみませんかって」

渋谷は、じつは売り場の責任者で、肩書は部長だった。

店舗では、ときどき手作り教室を開催しているらしい。レジンアクセサリーは子供も大人も楽しめそうなので、店のイベントとしてとりあげてみないかと美結ちゃんが推してくれたそうだ。

「部長さんだなんて知りませんでした。このあいだは物品運びの手伝いまでさせてしまって、すみません」

志乃は恐縮して頭を下げる。

店舗では役職に関係なくお客さまの対応をすることによって、よりよい売り場づくりをしていこうと取り組んでいるらしい。スタッフの意見も積極的に取り入れ、ひとつのチームとして仕事をしているそうだ。

「美結ちゃんって、ああ見えて、ふたりの子供のお母さんなのよ。子供たちは保育園に行っているんだけど、自分の目印になるキーホルダーとか安全ピンとか、そういうのがちょうど欲しかったみたい」

「……え？」

やっぱり人は見かけで判断しちゃいけない。ただの古株だと思っていたレジのおばさんが、とても偉い責任者で、キラキラ女子の美結ちゃんは、働きながら子育てをしているお母さんだった。

「知識と経験不足は否めないけど、いい発想力はもってると思うわよ。「1」のことを「2」に仕上げて売れるものを作ることがプロとしての仕事だけれど、ゼロからなにかを生み出すのは、誰にでもできることじゃないからね」

商品を〝創る〟——それは、いくらベテラン社員でも簡単にできるものではないのだと、渋谷は言った。

「これだって、いままであったものの模倣《もほう》ですよ」

「まあね。そんな簡単に発明なんかされたら、たまったもんじゃないわよ。私が言いたいのは、こんなのがあったら便利だなとか、楽しいなとか、お客さまの目線まで下がってくることのできるスタッフがもっと育ってくれたらいいなということ」

ゼロからなにかを創り出す人もいれば、既存のものの精度を上げていく人もいる。そしてできあがったものを、世の中に広める役目を担う人もいる。

人はそれぞれのフィールドで、プライドをもって勝負している。

「私、もっといろんなことにチャレンジしてみたいです。イベントも、ぜひお手伝いさせてください」

「頼もしいね。美結ちゃんといい浦田さんといい、最近の若い女の子はほんと元気だ」

キラキラ女子の美結ちゃんとも、今度ゆっくり話してみたい。

契約社員であっても、アルバイトであっても、一生懸命やればちゃんと評価される。

可能性は、すべての人の前に平等に広がっているのだ。

第5章

メガネは大事に飾られているより、
人に使われてこそ輝くものだ

十二月に入り、あっという間に日が落ちるようになった。会社を定時にあがっても、外に出るともう真っ暗だ。

最寄りの西木小井駅を出た志乃は、寒さでぶるりと体を震わせた。夏場はあんなに鬱陶しかった日光が、いまはとても恋しい。

——おでんが食べたいなあ。

だいこん、煮たまご、餅きんちゃく。駅の真向かいのコンビニに貼られたおでんのポスターをよだれまじりの目で眺めつつ、志乃は両腕を抱えて実家に向かって歩く。

今日の晩ご飯はなんだろう。実家暮らしのメリットは、家に帰れば母親が食事の用意をしていてくれるということだ。この恩恵に比べれば、多少の窮屈さなんて些細なデメリットでしかない。

カフェ、パン屋、花屋。さまざまな店舗が並ぶ西木小井町のメインストリートを歩く。ショーウインドウや店のシンボルツリーに灯されたイルミネーションが、青や白、オレンジ色に輝いて、寒い冬の夜を彩っている。

毎年クリスマス近くになると、西木小井地区の住人は、競うようにして家や庭を飾りたてる。きらびやかな街を見ると、志乃の心はわくわくと躍った。

ひとつ裏道に入れば、また雰囲気が変わる。住宅の庭先にソーラーライトのサンタや雪だるまが飾られ、まるで不思議の国みたいだ。

やがて、三角屋根の『眼鏡店Ｇｒａｎｚ』が見えてくる。志乃のお気に入りの店だ。

だが今日は、入り口に『CLOSED』の札がさげられていた。

なんだ、休みか。定休日は水曜だが、ときどきこうして臨時休業することもある。がっくりと肩を落とすが、店の中には明かりがついていた。天王寺は、店が休みの日であっても奥の工房でメガネの製作や修理の依頼をこなしたりしているらしいから、おそらく今日もなにか作業をしているのだろう。

いつものように、志乃は窓の外からショーウインドウをのぞいた。

――わあ、新作フレームが出てる。

窓辺には、アフリカのサバンナを思わせるような草原のジオラマが広がっていた。動物の陶器のフィギュアと並んで、新しいメガネが置かれている。

志乃がディスプレイに見とれていると、ちょいちょい、と中から手招きされた。長い白髪をうしろでひとつに束ねた見慣れぬ中年男性が、店の奥に立っている。

私？

志乃が自分のことを指さすと、相手の男性はこくりとうなずいた。

ステンドグラスのはまった木の扉に手をかける。鍵はかかっていない。志乃は「失礼します」と言いながら中に入った。

暖房がついておらず、店は冷蔵庫のようにひんやりとしていた。

男性はラウンジを指さし、志乃が座るのを見届けたあと、カウンター奥のスタッフルームへと消えていった。

いったい誰だろう？

丸いメガネをかけ、茶色いニットのカーディガンを着た、浮世離《ばな》れした雰囲気のある男性だ。この店には何度も通ったが、あのような人物の姿を見たことはない。

もしかして、あの人が幻の店長だろうか。

気配は感じていたけれど、姿を見るのははじめてだ。志乃は、幽霊にでも遭遇したかのような気持ちになった。

めったに客の来ない眼鏡店ではある。でも、さすがに天王寺ひとりでは大変だろうと思っていたところだ。ときどきでも、店長があして店に出ているとわかれば安心だ。

いつもみたいに、ディスプレイされたメガネに手を伸ばすことはせず、志乃は黙って店内を見まわした。

オープンしたときと比べて、ずいぶん店の雰囲気が変わった。

ショーウインドウのジオラマにも驚いたが、はじめのころはヨーロピアンテイスト一色だった店のところどころに、エスニック調のタペストリーだとか、目のぱっちりした派手なインド象の置物だとかがある。明らかに志乃の影響を受けているようだ。

おもしろいなあ、と思いながら待っていると、さっきの男性がティーカップののったトレーを持ってやってきた。

暖房も入れてくれたのだろう。店の中があたたかくなってくる。

「どうぞ、小鳥さん」

小鳥!?

〝ゆとり〟だの〝さとり〟だのと呼ばれたことはあるが、〝ことり〟と言われたのははじめてだ。動物に例えるにしても、以前、天王寺から言われたトゲトゲしいハリネズミがいいところで、デザイナーの浜地など、志乃のスカートをヤドクガエルみたいだと言った。

小鳥さんかぁ。

悪い気はしなかった。ファッションも以前と比べたら女子力高めになったし、メイクの腕も上がって「血色よくなったね」と会社の人には言われている。

男性は志乃の向かいの椅子に座り、まぶしそうに目を細めた。

変な人。でも、なんだかほっとする空気をもっている。

志乃はティーカップに口をつけた。はじめてこの店に来たときと同じ、ベルガモットのハーブティーだった。

ベルガモットというのは、エッセンシャルオイルの原料となる柑橘系の実と、ハーブティーに使われるシソ科の植物の二種類がある。植物図鑑で見たベルガモットの花は、赤やピンクの鮮やかな色をしていた。

「あの、もしかして、ここの店長さんですか?」

「はい、そうです。三条《さんじょう》と申します。そういえば、〝はじめまして〟ですね」

あまりにもじっと顔を見つめてくるので、志乃は照れくさくなって慌てて話題を探した。

「新作のフレームが入ったんですね。外から見えました」

するとと店長は、ぱっと顔を輝かせた。そしていそいそと席を立ち、ショーウインドウ越しに見えたメガネフレームを、ジオラマの土台ごと持ってきた。

「私がデザインしたものなんですよ」

「え!?」

ここのメガネのデザインは誰がしているのだろうと常々思っていたのだが、まさか店長の作品だったとは。

「見てもいいですか?」

「どうぞどうぞ」

志乃は並んでいたメガネのひとつを手に取った。アフリカンテイストの背景だったので、ゼブラ模様とかキリンの網目とか、サバンナの動物を連想させるものを想像していたけれどメガネのフレームに描かれていたのは、まったく別のものだった。

「かわいい!」

耳にかけるモダンの部分がネコの手になっている。内側には、プニプニした肉球までついていた。閉じると手が交差し、広げて耳にかけるとネコが顔に抱きつくような形になる。

ほかにもカエルの手とか、鳥の羽とか、サカナのヒレなどの種類があった。

これはたまらない。アフリカのサバンナにはまったく関係ないけれど、動物好きのハートをくすぐりそうなシリーズだ。

「こういうの、大好きです! 遊び心があって、でも機能も損なわなくて」

志乃は文具メーカーに勤めている。最近、デザインに関わる仕事を手伝うことも多くなり、物づくりや造形に興味をもちはじめていたところだった。

店長の丸いメガネの脇に、深い笑いじわが刻まれた。自分の作品に誇りをもっており、喜んでくれる客の姿を見るのがこのうえなく嬉しい、という表情だ。

「そのメガネ、気に入ってますか？」

志乃がいま持っているのはカエルの手の形をした緑のメガネだったが、店長の視線の先は志乃の顔に注がれていた。もしかしたら、志乃がここで買ったメガネも彼の作品なのだろうか。

志乃はカエルのフレームを傍らに置き、かけていたメガネをはずした。

「とても気に入ってます。新しいメガネを作る気になったのも、このフレームに出会ったからなんです。ひとめ惚れして、はっきり言って値段を確認せずの衝動買いでした。ときどきこうやってテンプルの細工を眺めるんですけど、色使いもきれいで、見ているだけで幸せな気持ちになれて」

シャンパンゴールドに輝く繊細な編み細工は、見るときどきでいろいろな表情を志乃に見せてくれる。

自然光の中、会社の白い蛍光灯の下、ベッドに寝そべりながらルームランプのそばに置いたとき。光の加減によって、いつも違って見えるから不思議なのだ。

いつのまにかフレームの細工に見入っていた志乃は、そういえばこのメガネにはもともと値札がついてなくて、店長の裁量で破格の値段にしてもらったのだと思い出した。

「このメガネ、あのときだいぶお安くしていただいたみたいで。ほんとうにありがとうございました」

　すると店長は、「いいんですよ」と手を振った。

「小鳥が、あなたのところに行きたがっていたんです」

「小鳥？」

　志乃のメガネは縁なしで、サイドにレースのような編み細工があるのみだ。鳥の絵なんか描かれていない。

「あの、小鳥って？」

　ラウンジの天井にかけられている、真鍮のかごに入った青い鳥のことだろうか。けれど店長の言葉が意味しているのは、別のもののような気もする。

　だまし絵にでもなっているのだろうか。志乃は目を凝らして手に持っていたメガネを見てみるが、角度を変えても裏返してみても、それらしきシルエットは浮かんでこない。

　そのとき、向かい側に座っていた店長が「あっ」と言って突然立ち上がった。そして慌ててカウンターの奥のスタッフルームに引っこんでしまった。

　いったいどうしたのだろう。

　その直後、ドアのベルがチリンと鳴った。

「すみませーん、メガネの修理をお願いしたいんですけど。ちょっと緊急事態で」

入ってきたのは、二十代なかばくらいの若いカップルだ。大柄な男性が女性の手を引いて、「ここ、段差になっているから気をつけて」とエスコートしている。

クローズの札がさがっているにもかかわらず入店してきた理由は、すぐにわかった。女性客の持っているメガネのレンズに、ひびが入っていたのだ。

さすがにこれでは不便だな、とは思ったが、定休日の客の受け入れまでは判断できない。スタッフルームのほうを見るが、店長は奥に引っこんだままである。

「担当者に聞いてきますので、少々お待ちくださいね」

志乃はノックをして、カウンターの奥の扉を開けた。工房の中には薄ぼんやりした明かりが灯っていたが、人の気配はなかった。

「どこに行ったのかな……」

そうだ、電話してみよう。店の番号は登録していたはずだ。

志乃は携帯電話を取り出した。が、発信ボタンを押す段階になって、いまいる店の電話にしかつながらないだろうということに気がついた。

店長は出ないだろうし、天王寺個人の電話番号なんて知らない。

どうしよう。勝手に客を帰していいものか。

そのとき、〝小鳥さん〟とどこからか声がした。志乃はあたりを見まわした。

「こっちです。上、上」

見ると、天井付近の飾り窓から店長が顔をのぞかせている。工房の隅に階段があり、店舗部分の二階にある部屋へとつながっているのだ。

店長はロフト状になった部屋の小さな窓から顔を半分だけ出し、怯《おび》えた小動物のように、きょろきょろと視線を動かしている。

「なにやってるんですか？」

「すみません……裏の自宅から、息子を呼んできてもらえませんか？」

店長が指さすほうには裏口の引き戸があった。どうやら、そこから自宅に行けるらしい。

もう一度、志乃は二階に視線を向けた。だが、店長はすでに奥に引っこんでいた。

志乃はいったん店に戻り、「もう少々お待ちくださいね」と客をラウンジの椅子に座らせたあと、工房の裏から外へ出た。

戸の向こう側は砂利《じゃり》の敷かれた駐車場になっていて、左側に小鳥の巣箱を大きくしたような洋風の物置があった。

横に水色のマウンテンバイクがぽつんと置かれている。後輪のフレームには『北瀬高校』と書かれたステッカーが貼ってあった。

目の高さほどある塀の向こうに、明かりのついた家がある。ヨーロッパ建築のような外観の店舗とは違い、自宅は二階建ての和風住宅だ。チャイムを押してみるが、配線が切れているのか、音が鳴っている気配はない。

志乃は戸を開け、家の中に向かって叫んだ。

「すみませーん、お店にお客さんが来てますけどー」

「はーい」

トントンと階段を下りてきたのは、高校生くらいの男の子だ。茶色がかったゆるふわの髪の毛が、一カ所だけぴょこんと跳ねている。

「あ！」

「え？」

「駅でよく見かけるお姉さん！」

「……あ！」

ときどき通勤途中にすれ違う、マウンテンバイクの高校生ではないか。

顔の半分ほどもある、べっ甲柄のボストン型メガネ。グレーのざっくり編みセーターはサイズもぶかぶかで、手の甲が半分隠れている。いわゆる〝萌え袖〟というやつだ。

「ええと……？」と頬に人さし指を当てて首をかしげるしぐさがかわいい。

さすが西木小井クオリティ。天王寺はイケメンだし、店長もナイスミドルだし、この子がアルバイトとして店に出れば、天王寺の追っかけをしている常連客の磯部貴子など狂喜乱舞しそうだ。

そのとき廊下の突き当たりにある扉が開き、もわりと白い湯気があふれ出した。

「誰か来たのか？」

「あ、お客さん！　女の子！」

「はあ？」

あらわれたのは、スウェットの上下を着た天王寺だった。風呂に入っていたのか髪は濡れ、いつもかけているメガネははずしている。

こいつ、住みこみで働いている店員だったのか。

それにしても、私服がダサい。スウェットの襟もとがだらんと伸びきっている。

隣に立っている男子高校生のゆったり萌え袖はおしゃれだが、天王寺のは完璧にアウトだ。店のディスプレイだけじゃなく、私服まで適当なのか。

こいつの私服もどうにかしてやりたい！

おまえの選んだ服なんかごめんだ、と言われそうだが、このダサさは許せない。

天王寺は玄関先まで歩いてくると、三和土《たたき》に置いてあった健康サンダルをはいて志乃に近づいてきた。体をかがめ、至近距離で顔をのぞきこんでくる。

うわ、いいにおい。

シャンプーのにおいというのは、男女を問わず、異性の嗅覚をとろけさせる作用があるらしい。若い男の濡れ髪を拝むのは高校の水泳の授業以来で、妙にドキドキした。

天王寺は「なんだ、おまえか」とふたたび玄関の上にあがった。どうやらメガネをはずしていたので、顔が見えなかったらしい。

「こいつ、店の常連だ。ちなみに〝女の子〟と呼べる年齢はとっくに過ぎてるぞ」

天王寺は振り返って、うしろの男の子に説明する。だが、年齢のことは余計なお世話だ。

「メガネの調子でも悪くなったのか？　あいにく今日は定休日でな」

「ああ、そうじゃなくて。いま、お店にお客さまがいらしてて、店長さんに息子を呼んできてほしいって頼まれたの。メガネのレンズが割れて困ってるみたい」

「店長に？　わかった。悪いが、客に茶ぁ出しててくれ。すぐ支度して行くから」

天王寺は、ドカドカと風呂場に戻っていった。

玄関先に残された男の子が、志乃にぺこりと頭を下げる。

「ごめんなさい。うちのお父さん、ちょっと人見知りのところがあって、お客さんの対応はお兄ちゃん任せなんだ」

「お兄ちゃん？」

「あ！」

ゆるふわ髪の男の子は、しまった、というふうに、だぶだぶのセーターの袖で口もとを覆った。

息子？　お兄ちゃん？　でも店長は三条で、あいつは天王寺のはずだ。

玄関を閉めて外に出た志乃は、振り返って表札の文字を確かめた。やはりそこには『三条』と書かれている。

さっきの高校生が店長の息子で、天王寺は住みこみで働いている従業員だと考えるのが自然だ。けれど、あの男の子は、天王寺のことを〝お兄ちゃん〟と呼んだ。

……踏みこんじゃいけないかんじ？

いやいや、あの年ごろの子は、自分より少し年上の人を〝お兄さん〟〝お姉さん〟と呼ぶものなのかもしれない。志乃のことも、「駅でよく見かけるお姉さん」と言っていたし。

ぐるぐるした頭で工房に戻ると、お茶の支度をしながら店長が待っていた。

「すみません。お客さまに……これを……」

なにか言いたげにしているが、言葉がうまく出てこないらしい。

挙動不審な態度だったが、志乃は気にしないことにした。あの男の子も「お父さんは人見知り」と言っていたし。だいいち店長のくせに、いままでもまったく店に出てこなかったのだ。

「天王寺さんにも頼まれたので、大丈夫ですよ」

「ほんとうに、弟には世話をかけっぱなしで」

今度は〝弟〟って言った⁉

裏の母屋《おもや》に住んでいるのは、〝息子〟であるらしい。

ゆるふわ髪の高校生は、天王寺のことを〝お兄ちゃん〟と呼んだ。

だが、天王寺は店長の〝弟〟のようだ。

親子？　兄弟？　もしかして養子縁組とか。

複雑な家庭環境のにおいを感じとったが、それ以上考えないようにした。考えても混乱するばかりだし、いまの時代、家族のありかたも多様だ。

とりあえず深呼吸をし、お茶をのせたトレーを持って店のフロアに出る。

「お待たせして申し訳ありません。まもなく担当者が参りますので」

「こちらこそ、定休日なのに押しかけてしまってすみません」

お茶は、しょうがとはちみつの入ったジンジャーティーだった。

「あったかい」

ふたりの客は、顔を見合わせてほほ笑んだ。

天王寺がカウンターの奥から出てきたので、志乃は退散することにした。

「サンキュー。裏から行って」

お客さまふたりに会釈をし、志乃はスタッフルームを通って外に出た。

工房の裏では、店長とさっきの男の子が並んで待っていた。男の子はマウンテンバイクのハンドルを握っている。

「息子の透也《とうや》に、小鳥さんを家まで送らせますので」

「あ、私、浦田と申します。浦田志乃」

「浦田志乃さん」

にこっと笑うと、深い笑いじわができる。

――やだ、渋かわいい！

「じゃあ志乃ちゃん、行こー」

ツルツルのほっぺに、えくぼができた。

――やだ、仔犬系！

渋くて味のある中年と、かわいい高校生。イケメンの見本市を見ているみたいだ。

透也のあとに続き、店舗脇の細い砂利道を通って表に出た。店長は建物の陰になっている部分で立ち止まる。どうやらここが限界らしい。

「お茶、ごちそうさまでした」

「また遊びに来てください」

ぺこりと頭を下げる志乃を、店長は小さく手を振りながら見送ってくれた。


自転車を引いた透也と並んで夜道を歩く。駅から離れるにつれて人の姿も減り、バス停を四つ分ほど歩くと明かりも乏しくなってきた。東普那町に帰ってきたと実感する。

このあたりは坂が急で道幅も狭く、雪が降ればいつまでも解けないし、スタックした車が道をふさいで大渋滞を引き起こすこともある。嫌になるくらい古くて不便な住宅街だ。

けれど透也はなんだか楽しそうだった。

「フナ町ってけっこう好きなんだよね。生活感があってホッとする。この家は魚を焼いているなーとか、この家は今日はカレーなんだーとか、想像すると楽しくない？　テレビの音や話し声も聞こえて、家族構成も見えてきたりして」

志乃の隣で、透也はにこにこしながらおしゃべりをする。

西木小井町はきれいな街だが、どの家も高い塀や敷地を覆い隠すほどの樹木で囲まれていて、ときどきほかに人はいるのだろうかと寂しくなってしまうらしい。

「私は西木小井町に住みたかったな。おしゃれだし」

「女の子はみんなそう言うよね。でもうちは男ばかり三人だから、家なんか寝られればいいってかんじ」

「あはは」

つられて笑ってしまったけれど、志乃の耳は〝男ばかり三人〟というキーワードを聞き逃さなかった。

透也は北瀬高校に通っている二年生で、部活はテニス部。店のオープンに合わせて、今年の夏に東京から引っ越してきたそうで、ようやくこっちの暮らしにも慣れてきたらしい。

母親の姿を見かけなかったし、男所帯と言っていたのが気になるところだが、深いところまでは詮索しないでおく。

「もともとはあそこ、ガラス工芸家だった父方のおじいちゃんの家だったんだ。ステンドグラスやトンボ玉を作っていたみたい。以前は店の裏に工場や広い畑があったはずなんだけど、いつのまにか住宅街になっててびっくりした」

「西木小井駅ができて、都市開発されたからね」

そういえば昔、あのあたりに大きな工場があったなと思い出す。

「彼女は現在募集中でーす」

真偽のほどは怪しいが、「年上の女の人も、けっこう好き」という殺し文句にうっかりよろめきそうになった。

「志乃ちゃんは、お父さんやお兄ちゃんとは仲がいいんだよね。じゃあべつに教えてもいいかな」

一カ所だけぴょこんと跳ねた髪が、歩みに合わせてゆらゆらと揺れる。

「えーとね、僕たち本当は兄弟じゃないんだ。でも昔から〝お兄ちゃん〟って呼んでる。お兄ちゃんはお父さんのことをものすごく慕ってて、眼鏡店を始めると知ったら、手伝いたいって言ってくれたみたい。それであの家で一緒に暮らしはじめたんだ」

志乃は首をひねる。やはり家族関係がよくわからない。

そんな志乃を見て、透也がくすくす笑った。

「お母さんの実家は、東京で『天王堂《てんのうどう》』っていう大きな眼鏡チェーンを経営してるんだ。天王堂って聞いたことある？」

「知ってる！　ＣＭもガンガン流してる老舗《しにせ》だよね」

「亡くなったひいおじいちゃんが創業者なんだ。いまは母方のおじいちゃんが継いでる。おじいちゃんは、お父さんを専属デザイナーにしたがってたんだけど、お父さん、断っちゃって。売れセンを作らされるのが嫌だったんだって」

「ふうん。そっかあ」

なんとなく、店長の気持ちがわかる。

文具メーカーに勤めている志乃は、デザイナーの浜地が経営陣と対立する姿を何度も目にしていた。オリジナルにこだわりたいデザイナーと、コストや売れ筋に固執する上層部。たいてい浜地が折れるようだが、店長は妥協できないタイプだったのだろう。

「お母さんとの結婚も、おじいちゃんに猛反対されたみたい。当時お父さんは四十歳で、お母さんは二十二歳だったんだ。年の差もあるし、仕事上の確執もある。それで駆け落ちみたいにふたりで独立して。応援してくれたのはお兄ちゃんだけだったんだ」

透也は、両親のなれそめをドラマチックに語る。

――卒業旅行で訪れたドイツのメガネ工房で、お母さんはお父さんの作品にひとめ惚れしたんだって。

――お母さんと結婚するために、お父さんは日本に帰ってきたけど、日本のメガネ業界にはお父さんの居場所はなかった。どうやらおじいちゃんが裏で手を回してたみたい。

――ふたりはとても仲がよくて、いつも一緒にいた。六畳二間の小さなアパートで、下請けの仕事をしながら家族三人で暮らして。

――両親と仲のよかった一矢お兄ちゃんがときどき遊びに来て、小さかった僕の面倒を見てくれたんだ。

――お母さんが末期ガンだとわかって、お父さんはショックで引きこもるようになっちゃったんだけど、そんなお父さんを、お兄ちゃんは支え続けてくれて。

「ごめんね、こんな湿っぽい話をしちゃって」

えへへ、と笑う透也の顔を見たら、志乃の目にうるっと熱いものがこみあげてきた。

かわいそうな店長。かわいそうな透也。かわいそうな天王寺。

運命に翻弄《ほんろう》される夫婦の姿。そして、けなげに生きていく子供たち。

これで泣けなかったら日本人じゃない。

「お兄ちゃんはオプトメトリストの資格をとるためにアメリカに留学して、今年の秋に帰国したばかりなんだ。東京で店を開くことも考えてたらしいけど、お母さんが死んでからお父さんの対人恐怖症はひどくなるばかりだったから、療養がてらこっちに引っ越すことになったというわけ」

「そういう事情があったんだ。他人のためにそこまでできるなんて、天王寺もすごいね」

「え？　他人じゃないよ。一矢お兄ちゃんはお母さんの弟だから、お父さんにとっては義理の弟。僕にとっては、叔父にあたる」

「……義理の弟？」

透也は、「してやったり」と言わんばかりの表情をした。どうやら故意に混乱させるような言い方をしたらしい。

「叔父さんって言うと怒られるから、お兄ちゃんって呼んでるんだ。ただそれだけ」

お兄ちゃんが知ったら怒るよー、と透也は笑う。

くそう、騙された。けれど、これですべてがつながった。

なんてことはない。天王寺のお姉さんと店長が結婚していて、ふたりは義理の兄弟だったというわけだ。

店のメガネにはすべて『3J』と刻印されていた。おそらくGranzのデザイナーは店長ひとりなのだろう。あれだけの技術と才能をもつ人なのだから、メガネおたくの天王寺が心酔していたとしてもおかしくはない。

「今日お父さんが志乃ちゃんと普通に話しているのを見て、びっくりした。お父さんの対人恐怖症、ほんとうにひどいんだよ。人込みに出て過呼吸を起こしたこともある。お兄ちゃんは少しずつ慣れていけばいいって言ってたけど、お父さんが店に出てくれるようになったらだいぶ楽だと思う」

『わがままな眼鏡店』という入り口の注意書きも、不愛想な天王寺の態度も、そういう事情があるならうなずける。

あの店の目的は、メガネを売ることではない。店長がデザインしたものを、気に入った客に使ってもらうためだけに存在し、天王寺はいわゆる〝門番〟の役目も果たしてるのだ。

たとえば海老沢のように、誤った距離感でずかずかとパーソナルスペースに入ってこようとするような客は、店長の負担になるので、天王寺の態度も冷たい。

志乃も決して上客とは言いがたい。でも、店長が手ずからおいしいお茶を淹れてくれるのだから、歓迎はされているのだと思う。

そんな話をしているうちに、自宅のそばまでたどり着く。十字路から手前に二軒目、左側の古い一軒家が志乃の家だ。

おでんのにおいが外まで漂ってくる。

「志乃ちゃんち、今夜はおでんだね。いいなあ、僕おでん大好き。ちなみに、お兄ちゃんは鶏の竜田揚げが好物だから、覚えておくといいよ」

なんで覚えておく必要があるかな、と突っ込みたくなったが、志乃はこっそりと脳内メモにふたりの好物を書きこんだ。

「また来てね。お店だけじゃなく自宅のほうにも顔を出してくれたら、お父さんもお兄ちゃんも喜ぶと思う」

「店長はともかく、天王寺はどうかな」

「喜ぶに決まってるよー。だって志乃ちゃんが来たとき、お兄ちゃん楽しそうだったもん」

そうか。あんな態度でも一応、楽しんでいるのか。

透也は自転車のサドルにまたがり、「じゃあねー」と手を振りながら坂道を下りていった。

透也が向かっていく先には、イルミネーションで彩られた西木小井町の華やかな夜景が広がっている。

志乃は、ほんのりと小さな明かりの灯った家の門を開けた。

おでんのほかほかしたにおいは、心の奥の深いところをキュッとさせた。


翌朝、早めに家を出た志乃は、眼鏡店の前で逡巡《しゅんじゅん》していた。

手に持った保温バッグの中には、おでんの入ったプラスチック容器がある。おまけの竜田揚げも。

ゆうべ、湯気の立ちのぼる食卓のおでんを見て、「僕、おでん大好き」と言った透也の顔を思い出し、なんだか切なくなった。

男だけの三人暮らし。夜はいつもなにを食べているのだろう。店は七時半までの営業だし、店長は対人恐怖症で外食なんか無理そうだし。

母はいつも鍋いっぱいに、食べきれないほどのおでんを作る。作りすぎて、いつも二、三日は食卓に並び、それでも余りそうだと近所に配り歩くほどだ。

案の定、今朝もおでんは大量に残っていた。志乃は迷わず、プラスチック容器に三人分のおでんを詰めた。そして冷凍庫に鶏肉があったので、片栗粉をまぶして揚げた。

「今朝は早起きだな。しかも朝から竜田揚げか……」

最近コレステロール値を気にしだした父親が食卓を見て苦笑いをし、おでんと竜田揚げという朝食としては微妙なメニューを見て、母親は「あいかわらずのセンスだわー」と爆笑した。

「でもなー、いきなり差し入れなんかされても、普通は引くよなー」

家を出るまでは使命感であふれていたのだが、いざ店まで来ると、たちまち気弱になってしまう。

やっぱりやめておこうかな。押しつけがましいもん。

店長たちへの差し入れは、もう少し仲よくなってからでもいいではないか。おでんと竜田揚げは職場に持っていって、一階店舗のスタッフにおすそ分《わ》けすればいい。

会社に向かおうと〝回れ右〟をしたとき、店の脇から「なにやってんだ、朝っぱらから」と声をかけられた。

昨日と同じ、よれよれのスウェットに健康サンダルというイケメンにあるまじき姿をした天王寺が、ボサボサ頭で立っている。

志乃はゆうべの透也の話を思い出した。

客に対しての態度は最悪だけれど、こいつ、じつは家族思いのいい奴なんだよな。

「おはよう！　いや、今朝はこっちの道を通ってみようかなーという気分でね」

偶然を装ってしらを切ろうとしたが、「誰かさんが店の前でうろうろしてるって店長が言うからさ」と天王寺は店の二階を指さした。

蔦の絡まった壁のあいだに小窓がある。よく見ると、少し開いた窓から店長が顔を出し、志乃に向かって小さく手を振っていた。

「あそこが店長の仕事場になってるんだ。マジックミラーで外からはわからないようになってるが、ときどき、ああやって店の外を見てる。店の天井にも明かり採りの窓があっただろう？　客の様子をちゃんと見てるんだぜ。防犯カメラよりもよっぽど優秀だ」

そういえば、最初に店に来たころ、天井から謎の声が降ってきたこともあったっけ。

三角屋根の天井に住んでいる妖精さん。その正体は対人恐怖症をこじらせた眼鏡店の店主で、少しずつ外の世界と関わろうと奮闘中なのだ。

「で、なんか用か？」

言われて志乃は、手に持っていたおでんの存在を思い出した。

保温バッグをぐいっと突き出す。天王寺は視線を下に向け、訝《いぶか》しげに眉をひそめた。

「おでんと竜田揚げ。透也くんから好物だって聞いたから。うちのお母さん、いつも大量に作るから、毎日おでんで飽きるんだ。竜田揚げはおまけ。今朝揚げたばかりだから、まだカリカリだと思う」

「……へえ」

長い前髪に隠れて表情はよく見えないが、耳の先が赤くなっている。

「竜田揚げなんて久しぶりだ。フライドチキンはよく食べてたけど、竜田揚げのサクッとした食感とか、しょうが醤油のじゅわっとした感じが好きでさ」

「そういえば、アメリカに留学してたんだってね。向こうには竜田揚げなんかなさそうだもんね」

「透也の奴、そんなことまで話したのか。ほかには余計なこと言ってなかっただろうな」

天王寺は、なぜかそわそわしている。

「……まあ、いまさら隠したって仕方ないから話しておくけど。店長——義理の兄は、あのとおり極度の対人恐怖症でな。もともと人見知りのところはあったが、姉が亡くなってから、ますます内にこもるようになって。家族以外の人と話すなんてしばらく無理だろうと思ってたから、ゆうべの出来事は、正直俺も驚いている」

「……お姉さん、五年前に亡くなったんだってね。だから透也くんも、あんなにしっかりしているんだ」

「高校生にしては悟ったところがあるけれど、あれでもけっこう寂しがりやなんだぜ」

そうか。天王寺がこんなふうにちゃんと見ていてくれるから、透也はまっすぐないい子なのかもしれない。

「店長の対人恐怖症、よくなるといいね。でも、私とは普通に話してたよ。新作のメガネフレームも見せてくれたし。対人恐怖症だって言われて、びっくりしたくらい」

「誰かさんからいい影響を受けているのかもな。このごろデザインの幅も広がってきてるみたいだし」

ヤドクガエル柄は勘弁だけどな、と天王寺は志乃の顔をニヤニヤと見て、からかった。

「じゃあ、そろそろ会社に行くね。店長さんや透也くんにもよろしく言っといて」

「ああ。また店にも寄ってくれ。店長にとっても、いいリハビリになると思う」

やさしい笑顔を向けられ、心臓が跳ねた。

なんだ、こういうナチュラルな表情もできるんじゃないか。

ふと顔を上げると、二階の小窓から店長がこっちを向いてほほ笑んでいた。眼鏡店の屋根裏に住む妖精が、天王寺と志乃に新たな魔法をかけたのだろうか。

それからは、仕事帰りに眼鏡店に寄ると、天王寺の代わりに店長が出てくることが多くなった。

別の客が来れば姿を消してしまうのはあいかわらずだが、店のガラス越しに人と目が合う程度なら、なんとか耐えられるようになったらしい。

志乃はガラス棚に並んだメガネの位置を入れ替えながら、「このタイプは斜め置きにしたほうがかっこいいですよね」とか「下にリネンのクロスを敷いたらどうでしょう」などとアイディアを出す。

「好きにディスプレイしてくれていいですよ。私はデザインしかできないし、一矢くんも整理整頓は苦手みたいだし」

「ほんと、もったいない。ずっと隅っこに置かれっぱなしだったフレームを見たとき、私、泣きたくなりましたよ。思わず『出ておいで』って話しかけちゃいました」

「あなたは、隠れているものを見つけ出すのが上手なんですね」

そういえば、この店の看板も、緑に紛れるようにして存在していたのを見つけたのだ。

店長は志乃に、メガネにまつわるいろんな物語を聞かせてくれる。

この店のメガネフレームのデザインは、店長と亡くなった奥さんが、こつこつ作りためていたものなのだそうだ。ほかには、提携先のドイツの眼鏡店に卸しているだけだという。

店長と話しているとき、時間はゆっくりと流れていく。

「『Ｇｒａｎｚ』という名前は、ドイツ語で〝輝き〟という意味なんですよ」

ここにあるメガネのデザインは、光のイメージがもとになっているのだと店長は言った。

ラウンジの格子窓から降りそそぐ日差し。

庭木の枝葉がつくり出す、濃淡のついたさまざまな模様。

入り口のドアにはめられたステンドグラスは、そのときどきによって赤だったりオレンジだったりする。万華鏡のように色を変え、訪れる客の目を楽しませてくれる。

店長が言うには、空の色も、水の色も、花の色も、毎日、毎時間、違う表情を見せてくれるのだそうだ。

「通常、人間の目には、RGB——赤のRED、緑のGREEN、青のBLUEを感じる細胞があります。その三色の波長を変え、合成することによって、ほかの色も認識できるようになるそうです」

「そういえば、昔あったブラウン管のテレビやパソコンのモニターも、三色のドットになっていると聞いたことがあります」

志乃がそう言うと、店長は「志乃さんがよく着ている民族衣装のような服の柄も、遠い祖先が見てきた光の色なのかもしれませんね」と目を細めた。

ティーカップに添えられたスプーンを、店長は目の高さにかざしてこっち側に向けた。自分の姿が逆さになって映っている。

「そういえば一矢くんも、小さなころから水たまりなんかが好きでしたね」

店長が奥さんと結婚したころ、天王寺はまだ小学生で、雨あがりの庭で輝く葉の上の水滴や、池の波紋をいつまでも眺めているような少年だったそうだ。

好奇心旺盛な天王寺少年は、デザインよりも光学、とくにカメラ、顕微鏡、望遠鏡、虫メガネなど、レンズを使用するものに興味をもった。そして中学に入ってメガネをかけはじめると、メガネレンズを専門に学びたいと、早くも将来の道を決めてしまったらしい。

「いつでも身につけていられるから、メガネがよかったんだそうです」

「そんなに昔からレンズおたくだったんですね」

じゃあ、いまの状況など、天王寺にとっては天国みたいなものではないか。

そう言って志乃が笑うと、店長は申し訳なさそうにカウンターの奥にある工房のほうへ目を向けた。

「高度な資格を取ったあとも、メガネが好きだからと言って、一矢くんはこんな小さな店を手伝ってくれている。それをときどき、もったいないと思うことがあるんです」

天王寺のネームプレートには、認定眼鏡士ＳＳＳ級、米国オプトメトリストという肩書が添えられている。

オプトメトリストとは視力に関するスペシャリストで、見え方の検査をして目的や生活環境に合わせたメガネを処方したり、視力の向上のためのトレーニングをしたりする専門職なのだそうだ。

認定眼鏡士というのは日本の社団法人が実施している資格制度である。快適なメガネライフを送れるよう調整をしたり、雰囲気や容貌に合ったフレームを提案したりする。

ＳＳＳ級というのは、その中でも取得の難しい最高クラスのものだ。

「気にしなくていいと思いますよ。あいつ、いつも愛おしそうにメガネのレンズを磨いてるし。私だって、こんなに素敵なメガネに囲まれて仕事ができたら幸せですもん」

「ありがとうございます」

そう言って店長はほほ笑んだが、どこか思い詰めているようにも見えて、志乃はなにか引っかかるものを感じた。


ある日、仕事帰りに眼鏡店に寄ると、店の扉には『CLOSED』の札がさげてあった。明かりもついていない。だが、今日は定休日ではなかったはずだ。

建物の横に回り、細い砂利道を通って塀の向こう側をのぞいてみる。けれど店の工房にも母屋にも、人のいる気配はない。

これまでも臨時休業の日がなかったわけではない。なにしろ、わがままな眼鏡店なのだ。休みだということを事前に教えてもらえなかったのは残念だけれど、まあこんな日もあるだろう。

志乃は表に出て、ふたたび自宅に向かって歩きだした。すると、一台のマウンテンバイクが急ブレーキをかけながら、停まった。透也だ。

「志乃ちゃん、お父さん見なかった？」

短い呼吸を繰り返し、メガネを白く曇らせながら透也が問う。彼のこんな慌てた姿を見るのははじめてだ。

「いま来たばかりだけど、会わなかったよ。家にも明かりはついていなかったみたいだし」

「そっか……どこに行ったんだろ？」

じゃあまたね、と言って、透也はふたたび自転車を走らせはじめる。

なにかあったのだろうか。志乃は振り返って、蔦の絡んだ眼鏡店の二階に視線を向けた。けれどそこには、街灯の光を冷たく反射する、氷のような窓があるだけだった。

翌朝も、駅に向かう途中で眼鏡店の前を通ってみたが、やはり店のドアも二階の窓も固く閉ざされていた。

研修とか勉強会という可能性だってある。そう自分を納得させようとしても、どうも腑《ふ》に落ちない。

透也の慌てた態度。そもそも対人恐怖症の店長が、勉強会などといった人の集まるところに出向くだろうか。

店長のことが気になって仕事も手につかず、帰りにまた眼鏡店に寄ってみる。けれど入り口には、やはり『ＣＬＯＳＥＤ』の札がさがったままだ。

貼り紙もなく二日続けて店を閉めるなんて、いままではありえなかったことだ。天王寺は接客態度もディスプレイのセンスも最悪だったが、営業時間内は律儀に店を開けていた。

しばらく店の前をうろうろしてみたが、埒《らち》が明かないので、脇から店の裏にまわった。

透也の水色のマウンテンバイクは、どこにも見当たらなかった。

遊びに行っているのかもしれないし、塾の可能性もある。高校生の男子だ。いつも家にいるわけじゃない。けれどそんな些細なことも、心の奥をざわつかせる。

自宅に明かりはついていなかったが、工房の小窓からかすかに光が漏れているのに気づき、志乃はほっとした。店はオープンしていなかったが、人はちゃんといたらしい。

「こんばんは」と言いながら、志乃は工房の戸を開けた。右側の作業机に向かっていた天王寺が、はっと顔を上げてこっちを見る。

「……なんだ、おまえか」

そう言うと、天王寺はふたたび視線を机の上に戻した。

ひんやりとした工房には、作業机のデスクライト以外、明かりは灯されていなかった。

「お店、今日も休みだったんだね」

「……店長が不在だからな」

天王寺は椅子の背にもたれ、窓の外に視線を向ける。

なにがあったのか聞きたい。でも、どういうふうに聞いたらよいのかわからない。

昨日の透也の様子からすると、店長はなにも言わずに家からいなくなったのだと思う。

いい大人だ。保護や監視が必要なわけではない。でも最近まで二階の仕事場から出ることさえできなかったのだ。

「そういえば、透也くんは？」

「駅周辺に聞き込みに行ってる」

「身代金の要求は？」

「は？　なに言ってんだ、おまえ」

「だって、あの店長が黙っていなくなるわけないじゃん。一応、警察に連絡したほうがいいんじゃないかな」

するとてんのうじ天王寺は、机の上に置かれていた一冊の雑誌を志乃に差し出した。メガネのトレンドを集めた季刊誌の最新号である。

パラパラとページをめくっているうちに、一カ所だけ開き癖のあるところを見つけた。『メガネの天王堂』と見出しに大きく書かれている。

メガネの天王堂は、全国展開しているチェーン店だ。日本では指折りの老舗の専門店で、商品の値段はそれなりにするが、確かな技術と保証で愛好家も多い。

透也から聞いた話を思い出す。天王堂は、たしか透也の母親の実家だったはずだ。

はやる気持ちを抑えながら、志乃は記事の文章に目を走らせる。

『１００Ｊ《ひゃくジュール》』というのが天王堂グループの代表的なオリジナルブランドで、季刊誌には、１００Ｊの新作フレームと社長のインタビュー記事が載っていた。

――テンプルの形がずいぶんユニークですね。

『そうなんです。うちのデザイナーに動物好きな者がいて。柄だけではなく質感も再現できないかというアイディアが出まして』

――このネコの肉球、気持ちいいですねえ。触るとプニプニしている。

『デザインだけではなく、肌への負担も考慮しました。メガネというのはファッションのひとつですが、機能性も大事ですからね』

「……ちょっと待って。ここに載ってるやつ、私、見たことがあるんだけど」

モダンの部分がネコの手になっているメガネフレーム。つい先日、この店のショーウインドウで見たものとそっくりではないか。

そういえば、あそこにあったジオラマは、どこにいってしまったのだろう。

店長とはじめて会話をした日、「私がデザインしたものなんですよ」とジオラマの土台ごと見せてもらった新作フレーム。記憶をたどるが、そういえばあの日以来見ていないような気がする。

『眼鏡店Ｇｒａｎｚ』に置かれているものは、この店のオリジナルだと店長は言っていた。提携しているドイツの店にも卸しているが、デザインは店長と亡くなった奥さんですべて手掛けていたと確かに聞いた。

ということは、向こうが店長のデザインを盗んだのか？

『肉球部分は樹脂で加工してあるので、リアルな感触を楽しめますよ』

よくもまあ、いけしゃあしゃあと。

透也の話では、天王堂の現社長は、かつて専属デザイナーになるよう店長を説得していたらしい。その申し出を店長が断ると、日本での活動を妨害してきたという。

どの業界にも、多かれ少なかれ、権力うずまくパワハラの世界がある。とくに家族経営の企業には、後継者問題だとか派閥だとか、ドロドロした駆け引きもあるというから怖い。

逆に考えれば、店長は、個人経営とはいえ日本国内で眼鏡店をオープンさせたのだ。天王堂にも情報が入っていたと考えるのが自然である。

もしかしたら、眼鏡店の営業を妨害しない代わりに、デザインをいくつかよこせと迫ったのかもしれない。

――おのれ、天王堂！

店長を陥れた（と思われる）天王堂のボス。インタビュー記事の見出しには、〝眼鏡業界のウルフ〟などと仰々しい異名が添えられている。

三つ揃いのスーツを着て、笑みを浮かべながらショーケースの前に立つ初老の男性。白髪交じりのオールバックで目つきが鋭く、腹に黒さをもっていそうな悪人の面構えをしている。かけているメガネのフレームは、フロント部分が白金《ホワイトゴールド》で、テンプルは最高級のべっ甲らしい。悔しいが、メガネのセンスはいい。

「そこに写ってるの、俺の親父」

「へ？」

書かれているプロフィールを見ると、天王寺真人《まなと》と確かに同じ姓が書かれていた。

透也は、天王堂は母親の実家だと言った。そして透也の母親と、ここにいる天王寺は、血のつながった姉弟だ。

ということは、眼鏡店の店員というのは世を忍ぶ仮の姿で、目の前にいる男は、天王堂の御曹司《おんぞうし》だということにならないか？

ヨレヨレのスウェットなんか着てるから、ちっとも気づかなかった。

志乃は雑誌のページを開いたまま、天王寺に視線を向けた。

「話をどこまで巻き戻せばいいかな」

志乃は天王寺の言葉に耳を傾ける。大雑把《おおざっぱ》な経緯は透也から聞いていたものの、詳しい事情までは知らない。

「あんたのお姉さんが天王堂の娘だっていうのは聞いた。店長と結婚したあと、苦労していたっていうのも」

「そっか」

天王寺はしばらく黙りこむ。

「――天王堂の創設者は、うちの祖父でさ。最初は腕の立つ職人を集めて、小さな工房からスタートしたんだ。俺も子供のころ、じいさんの手で作り出されていくメガネを、魔法でも見るような気持ちでいつも眺めていた。楽しかったよ。ごつごつした手で、飴細工のようにフレームを曲げていくんだ。じいさんの仕事は、人対人だった。どんなレンズがいいか、形はどれが似合うか、つねに使い手のことを考えていた。店長はもともと、じいさんの弟子だったんだ。だから天王堂を、ずっと支えていく気持ちでいたと思う。けれど父に代替わりしたあと、天王堂は変わった」

技術者だった初代とは違い、二代目は典型的な〝経営者〟だった。

眼鏡業界のウルフ。

オオカミというのは、群れで行動する動物だ。戦略を立て、命令系統を明確にし、狩りを行う。

天王堂は、全国にチェーン展開するような大企業に育った。けれど、技術者の情熱よりも、効率や利益を重視した。そこには初代が目指した理念はなかった。

変わってしまった天王堂に、店長は見切りをつけた。

「姉の瞳子《るいこ》がドイツの工房で店長に出会ったのは、まったくの偶然だ。でも作品を見て、これはと思ったらしい。どこかに、じいさんのメガネの面影があったんだろうな。だから惹かれたんだと思う。いまの俺もそうだからわかる」

ふたりは恋をし、結婚を誓った。けれど天王堂に背を向けた店長を、二代目が許すはずはなかった。

勘当同然で家を追い出され、幼い透也を育てながら、ふたりは小さなアパートの部屋で、下請けなどの内職をして生活をした。

最初は苦しかった。けれど、ドイツの有名な工房と提携することができ、そこそこの収入は得られるようになった。オリジナルの図案も作りため、ふたりで新しいデザイン会社を立ちあげようとしていた矢先、瞳子の体に病変が見つかった。

もう少し発見が早ければ、治っていたかもしれない病気だった。けれど、会社の立ちあげ準備に奔走《ほんそう》する夫に、瞳子は体の不調を隠し続けた。

すぐそばにいたのに、妻の変化に気づくことができなかったなんて――。大切な人を失ったショックと後悔の念で、店長は自分の殻に閉じこもってしまった。

——親父のせいだ。

天王寺はそれまで、天王堂の後継者となるよう教育を受けてきた。

父親の敷いたレールの上を走ることに、それまで疑問をもつことはなかった。けれど、姉の死をきっかけに、天王寺の気持ちは、そこから大きく離脱した。

日本で四年制の大学を卒業したあと、アメリカのオプトメトリーの専門校に留学することを決めたのは、天王寺自身だ。

メガネの勉強はする。けれど、天王堂のためではない。自分と、そして店長のためだ。

天王寺はゆっくりと椅子の背もたれから体を起こし、両手を組んでテーブルの上に置いた。黒い立体的なメガネに、長い前髪がはらりと落ちる。

「その雑誌に載っているフレームは、間違いなく店長のデザインだ。二階の作業場で仕事をしているのを見ていたし、データも残っている。だから親父が、なにか汚い手を使ったに違いないんだ。——もしかしたら、俺がこの店を手伝っているのが原因かもしれない」

店長は、将来を嘱望されていた天王寺を小さな店に縛りつけていることに、罪悪感をもっていた。だから償いのつもりで自分のデザインを天王堂に提供したのかもしれない、と天王寺は力なく言った。

——もうっ！　イライラするっ！

世の中に正義は存在しないのか。権力をもつ者が勝ち、力の弱い者はそれに従うしかないのか。現代に、印籠《いんろう》をかざす黄門さまや桜吹雪のお奉行さまはいないのかっ！

「でもさ、雑誌に載っていたメガネの件はそうかもしれないけど、なんで店長は消えたの？　天王堂に連行されたとか？」

「まさか。いくらなんでも、そこまではしないだろう」

「直接、抗議に行ったとか……」

「あの店長が？」

ありえない。そもそも、こいつのためにデザインを渡したのだとすれば、あのフレームが天王堂ブランドの名前で出る件については納得していたはずだ。

なにか手掛かりはないか。志乃はメガネの季刊誌をめくる。

天王寺は、どこかあきらめた表情をしている。まさか、自分が天王堂に戻ればすべてが解決するとでも思っているのだろうか。

するとそのとき、工房の裏の戸を開けて透也が飛びこんできた。

「お兄ちゃん、目撃情報！　昨日、お父さんらしき人を駅員さんが見たって！　サングラスかけた白髪の中年男が、改札くぐれなくてウロウロしてたって！」

「おそらく店長だな」

透也の聞いてきた話によると、昨日、店長は西木小井駅の自動改札で、タイミングを計れず右往左往していたらしい。駅員が話しかけると、その場でうずくまって、過呼吸を起こしかけた。

しばらくして落ち着くと、「東京まで行きたいのですが」と蚊の鳴くような声で尋ねてきたそうだ。そんな店長を気の毒に思った駅員が付き添ってくれ、なんとか電車に乗ることができたらしい。

——そこまでひどいのか、店長の対人恐怖症は。

「東京までの切符を買ったみたい。あんな人の多いところにひとりで行って、大丈夫かな、お父さん」

透也は泣きそうになりながら天王寺の顔を見る。

「大丈夫だ。俺がなんとかする」

「なんとかって、なにか手掛かりでもあるの？」

「——これだ」

手を伸ばして志乃が持っていた季刊誌を奪い取り、天王寺は裏表紙から数ページ目をめくった。そこには都内で行われるイベント情報が掲載されており、大きな赤マル印が一カ所だけつけられていた。

朝いちばんの新幹線のホームに、大きな白い息のかたまりが舞う。

東京行きの新幹線がまもなく到着するとアナウンスがあり、志乃は待合ボックスを出た。

学生も冬休みに入ったこの時期、帰省や旅行、遊びのために上京する人が増える。もちろん通勤ラッシュも通常どおりだ。なので人の多い時間帯を避けるため、親を叩き起こして駅まで送ってもらった。

「なんだ、デートか？」

「そうよ。しかも男子ふたりと」

ちょっと待て！　と言いかけた父を尻目に、志乃はエスキモーのようなファーのついたコートをひるがえしながら車を降りた。

遠くから新幹線の走る音が聞こえてくる。ベンチから立ち上がった誰かが、志乃に向かって大きく手を振った。

「志乃ちゃん、おはよー」

眠そうな声で挨拶をしてきたのは透也である。キャメル色のダッフルコートとざっくり編みのマフラーを身に着け、やはり一カ所だけ髪がぴょこんと跳ねていた。

「おはよー。髪、跳ねてるよ」

手櫛《ぐし》でちょいちょいと整えてあげると、透也は「ありがとう」と言って恥ずかしそうに笑顔を向けた。

「朝早かったから、寝ぐせのまま来ちゃった」

きっとお父さんのことが心配で、眠れなかったんだろうな。

気丈にふるまう姿がけなげで、母性本能が刺激された。

けれど、そんなしみじみした空気を、天王寺のひと言がぶっ壊した。

「騙されんな。こいつの寝ぐせ、計算だから。どの角度からでもかわいく見えるように、毎朝一生懸命ブローして、スプレーで固めてるんだぜ」

「ばらすなよ〜〜〜〜！」

大きめのメガネも、手の甲が半分隠れるようなだぶだぶのセーターも、どうやら女子ウケを狙ってのことらしい。

これは計算されたかわいさだったのか。なんてあざとい。

「そこまでしなくても、透也くん、モテるでしょう？」

「うーん、モテたいわけじゃないんだよね。しいて言うなら、セルフプロデュース？」

マジか。すごいな、最近の高校生は。

すると天王寺が、透也のゆるふわの髪をくしゃくしゃと撫でた。

「こいつ、発想力はなかなかあると思うぜ。店の前のボードに『わがままな眼鏡店』って書いたのも透也だし」

「開店サービスの『壁ドン』も、僕が考えたんだよ。えらいでしょう」

「ああ、えらいえらい。メガネのクリーニングだけに来る、金にならない常連客も釣れたことだしな」

「金にならない常連客って誰のことよ」

合わせ鏡のように、ふたりは同時に志乃を見た。

「失礼な！　最近は大雑把な誰かさんの代わりに、ディスプレイ手伝ってやってるじゃん」

「ああ、おまえもえらいえらい」

天王寺は志乃の髪もわしゃわしゃと撫でる。仔犬二匹を相手にする飼い主みたいだ。

店長のことが心配でたまらないだろうに、ふたりはいつものように笑っている。だから志乃も、あえて元気にふるまうことにした。

「さてと。準備はいいですか？　忘れ物はないですね？」

引率の先生のように、志乃は持ち物を確認する。

財布。携帯電話。天王堂のサイトからダウンロードした、展示会のチケット。

「せんせー、おやつも持ってきました！」

透也が元気よく手を上げた。

「よろしい。では参りましょうか」

ホームに停まった新幹線のドアが開いたので、三人は車輌に乗りこんだ。

――ゆうべ天王寺から見せられたメガネの季刊誌には、東京・銀座の天王堂本店で行われる新作発表会の情報が掲載されていた。

通常、日本の眼鏡業界で新作デザインが発表されるのは、四月と十月である。

年に二回、世界最大級のファッションショーが開催される。ミラノ・コレクション、パリ・コレクションだ。

メガネはいわゆるアイウェアだ。世界中のデザイナーが、三月と九月に行われるファッションショーに向けて、フレームのデザインをする。そしてミラコレ、パリコレでお披露目したあと、世界各地で発表会および商談会を行い、新作として流通させる。日本でも毎年十月に大規模展示会が開催されている。メガネの似合う芸能人などが毎年選ばれるアレである。

例のネコの肉球フレームもそのとき披露されたらしい。

十月といえば、眼鏡店Ｇｒａｎｚがオープンしてまもないころだ。やはり店の平穏と引き換えに、店長は自分のデザインを天王堂に提供したのだろうか。

では、今回天王堂本店で行われる新作発表会の目的は、いったいなんなのか。

消えた店長。時期はずれの新作発表会。なにか意図を感じる。

志乃はすぐに会社に電話をかけた。店長を探すための有給休暇をとるために。


自由席に三人で座ると、天王寺と透也はすぐに目を閉じた。

はずしたメガネをちゃんとケースにしまうあたり、さすが、メガネの専門店の一族である。ほかの乗客のように、窓際に置くような雑な扱いはしない。

志乃はバッグからメガネケースを取り出した。Ｇｒａｎｚで買った、ツーポイントのメガネがこの中にある。

新幹線の窓には特殊な加工がしてあるようで、ガラスに映った周りの人々の姿は、スモークがかかったようにぼんやりして見えた。

外に広がる田んぼの上には霧が出ている。空を厚い雲が覆い、うっすらとした光がさすだけだ。

店長は、光の加減で世の中の色が変わると言った。もしここに店長がいたとしたら、どんな風景をその目で見るのだろう。自分と同じように、不安の色を感じ取るのだろうか。

そのとき、斜め向かいに座っていた天王寺が、長い脚を志乃の隣にドンッと投げ出した。

「おまえも寝ておけ。店長が天王堂本店にいるとは限らないんだし、ヘタすれば東京中の眼鏡店を回る羽目になる」

やはり天王寺も眠れないらしい。

「あんたの足が気になって眠れないよ。なんなの、この靴下。ちゃんと洗ってんの？」

「さあな」

うへえ、と思いながらメガネケースをしまい、志乃も目をつぶる。

「ぶっ」と向かい側から噴き出す声がした。じつは透也も起きていたようだ。


朝の六時過ぎに発車した新幹線は、定刻どおり東京駅に着く。ちょうど通勤ラッシュの最中で大混雑だった。

天王堂本店のオープン時刻もまだ先だ。早起きをしすぎてなんだか胃の調子がおかしかったが、とりあえずカフェで朝食をとることにした。

「東京の食べ物って、こんなに高かったっけ!?」

メニューを見て、志乃は驚愕《きょうがく》した。

無駄な投資をしないという〝ゆとりキャラ〟からの脱出を試みてはいるが、まだまだ消耗品にお金をかけるという次元までたどり着けていない。

「お兄ちゃあん」

「天王寺ぃ」

ここは天王寺を頼りにしよう。なにしろ、天王堂の御曹司なのだ。

「あのな、Ｇｒａｎｚで俺がどれだけの給料をもらっていると思ってんだ。ぜんぜん客が来ないんだぞ。しかも学費を親に返しているところだし」

「あんたも苦労人なのねえ」

「あたりまえだ。好きなことをやるために、親の敷いたレールから降りたんだからな」

好きなことをやるために、か。そんな反骨精神に、うっかり惚れてしまいそうになる。

自分も少しは変われただろうか。

いなくなった店長のために、有休を取ってここまで来たのだ。やりたいことを想像だけで終わらせるのではなく、ちゃんと実行に移せるようになったのだと思いたい。

まだ早い時間だったが、銀座にある天王堂本店をのぞいてみることにした。

新作発表会といっても、どこかのホールに招待客を集め、ステージの上でドラムロールを鳴らして「じゃじゃーん！」と登場させるものではない。

天王寺の話によると、天王堂本店は一階が販売フロアで、二階部分がＶＩＰルームおよび商談スペースになっているらしい。毎年そこにお得意さまを呼び、新作メガネを展示して販売や商談を行っているそうだ。

「スタッフの誰かはいると思う。いつも展示会の前は総出で準備をしているからな。ただ今回は通常とは違ったイレギュラーな時期だから、確実ではない」

ホームページからダウンロードした新作発表会のチケットには、『クリスマスに贈る、家族のためのスペシャルな展示会』と書かれていた。期間は、十二月二十四日と二十五日の二日間のみである。

「あれ、もしかして今日って十二月二十四日⁉　私、クリスマスに家族以外の人と過ごすのはじめてかもっ！」

どうりで「突然ですが、有休を取らせていただきます」と言ったとき、課長が「ふざけんな！」と怒っていたわけだ。

「……幸せな奴だな」

「幸せじゃないよ。会社に行ったら、どんな目に遭わされるか」

返事の代わりに、天王寺が「はあっ」とため息をついた。

おのぼりさん気分で、東京駅から銀座に向かって歩く。

学生のころは刺激にあふれた都会の生活を楽しんでいたが、しばらくぶりに来る東京は、情報過多で雑音に満ちていた。人種も年齢も格好もさまざまで、寄せ集めのパッチワークみたいだ。

少し前までアメリカの田舎町にいたという天王寺は、東京の人の多さにうんざりした様子である。夏まで東京に住んでいた透也もまた、にぎやかさに浮かれることなく、進むべき方向をしっかり見ていた。

高級ブランド品を扱うショップがひしめく、きれいな街並み。クリスマスシーズンのせいか、ショーウインドウはカラフルにラッピングされたようにきらめいている。

神妙な顔つきのふたりとは対照的に、志乃だけがデート気分を楽しんでいた。

「帰りに、これ食べていこうよ」

おいしそうなパンケーキが目に入ったので、ツンツンと天王寺の袖を引いた。透也も「お兄ちゃあん」と上目遣いで天王寺を見る。

「おまえ、駅で食ったモーニングでさえ高いって文句言ってただろ。値段をよく見ろ」

いつも食べているパンケーキセットの倍はした。

……まずい。金銭感覚が狂いはじめている。

ガラスケースに飾られたおいしそうなサンプルに背を向け、志乃と透也はしょぼんと肩を落とした。すると観念したように天王寺が言った。

「……わかった。今日はクリスマスだし、あとでな」

天王寺、イケメンすぎる。

「さて、あの角を曲がったところが、天王堂本店だ」

その瞬間、浮かれていた志乃の気持ちは、電流のスイッチが入ったように引き締まった。

天王堂本店は、正面部分が二階までガラス張りになった、近代的な建物だった。

内装の壁は、すべて白。くりぬきの棚に何段ものガラス板がはめられ、その上にメガネが陳列されている。

一枚の棚板に置かれたフレームは、多くても三点。つまり、すべての商品が客の目につくようになっている。贅沢なディスプレイだ。

「まだオープンには時間があるけど、奥に明かりがついてる」

志乃は額の上に手をあて、太陽の光を遮りながら中をのぞきこんだ。

「裏に回ってみるか。透也、おまえ、代表で行ってこい」

「えー、なんで僕？　高校生がひとりで行ったら怪しまれるじゃん」

「いいから行け」

天王寺は、無理やり透也を奥に押し込もうとした。実家の跡取りコースを蹴った手前、気まずいのだろう。

「私が行って見てくる。あんたたちは、ここで待ってて」

展示会の招待券を片手に、志乃は脇の通路に入った。女子をひとりで行かせられないとでも思ったのか、天王寺と透也がおずおずとあとからついてくる。

裏口は、あたりまえだが頑丈な鉄の扉でふさがれていた。インターフォンが扉の横にあったが、さすがに押す勇気はない。

「せめて店長がここにいるという証拠でもあればな」

確かにそうだ。東京行きの切符を買った怪しげな中年男がいたという目撃証言と、店に置いてあったメガネの季刊誌の目印だけを頼りに、三人はここまで来た。

しかも、店長が店から消えたのはおとといだ。すでに東京を去り、別のどこかへ行ってしまったという可能性もある。

「――店長はここにいると思う」

志乃は店舗裏の二階部分を見上げながら言った。黒いカーテンのかかった窓のところに、Ｇｒａｎｚの真鍮の鳥かごに入っていたような小さな青い鳥が見えていたからだ。

「店にあったやつと同じだな」

天王寺のメガネが鋭く光った。


十時になり、天王堂本店のオープン時刻になった。正面入り口には、制服を着たスタッフが一列に並んでいる。

「いらっしゃいませ」

店の扉が開くと同時に、常連らしき客とアタッシュケースを抱えたビジネスマンが中へ入っていった。

「さあ、私たちも行くよ」

気合を入れるため、志乃はＧｒａｎｚで買った金糸編みのツーポイントにかけかえた。勝負メガネだ。

振り返ると、天王寺と透也は、顔を隠すように大きなマスクをつけていた。

ヘタレだなぁ……。自分の実家（が経営する店）に行くのに、こんなに緊張するってどうなんだ。

一歩入ると、オープン前に外から見たときよりも、店舗の中はキラキラしていた。

まずは店頭のショーケースをのぞいてみる。メガネの天王堂はいくつもオリジナルブランドを手掛けているが、中でも力を入れているのが『１００Ｊ』だ。

――なるほど、１００Ｊ《てんおうじ》で、〝天王寺〟ね。いま気がついた。

シンプルなデザインのものが多い印象だけれど、見る人が見ればわかるようなこだわりがあるのだろう。

店長がデザインした動物モチーフのフレームも置かれていた。『天王堂オリジナル』などと書かれたプレートが添えられており、ムカムカしてくる。

「へえ。こんなのも扱ってるんだ」

天王寺が目を留めたのは、自分で度数の調整ができる緊急用のメガネだった。二枚のレンズを重ね、屈折率を変えることにより矯正視力の調整が可能になるらしい。

ほかにも動体視力に重点を置いたスポーツ用のものや、紫外線量によってレンズの色が変わるもの、フレームと肌の隙間を極限までなくしてある花粉防護用のものなど、さまざまな機能や用途のメガネが置かれていた。

奥まで進むと、ゆるいカーブを描きながら二階へ続く階段があった。にこやかに会釈をするスタッフに笑顔を返し、三人で二階の展示会場へと向かう。

黒革のソファと艶のあるチーク材のテーブル。壁にかけられた値段の高そうな絵画。

〝銀座の高級店〟にふさわしいＶＩＰフロアだ。

「お客さま」

突然背後から声をかけられ、志乃はすくみあがった。天王寺と透也もかけていたマスクをはずし、背筋を伸ばす。

あまりにも場違いだから、不審に思われたのだろうか。エスキモーのようなファーのついたコートなんか着てくるんじゃなかった。

おそるおそる振り返ると、そこにいたのは白髪頭をうしろでひとつに結んだ、サングラスの中年男性だった。

「て、店長!?」

「はい。みんな、よくいらっしゃいました」

にっこり笑うと、サングラスの横に深いしわが刻まれる。

やさしい声と笑顔は眼鏡店のときと同じだが、今日は着古したカーディガンではなく、ほかのスタッフと同じようなかしこまったスーツを着ていた。

「新作発表会にようこそ。どうぞこちらへ」

スタッフ然とした店長の態度に戸惑いながらも、志乃ら三人は店長のあとに続いてフロアを歩く。

そこはまるで画廊だった。幅や高さが互い違いになった棚の上に、観葉植物の大きな葉に彩られながら、ひっそりメガネフレームがディスプレイされている。

演出ってこういうことなんだ。洗練された空間を見て、プロの仕事の凄《すご》みを感じる。

フロアのいちばん奥、ちょうど裏側から見たときに青い小鳥がいた場所に、新作フレームの展示ブースがあった。

入り口はクリスマスらしいイルミネーションが品よく飾られ、ブース内は壁一面、黒いカーテンで覆われている。まるでお化け屋敷みたいだ。

「こちらの作品は、来年デビューする予定のブランドのものなんですよ」

カーテンの手前に、三つのメガネが並んだ脚つきのガラスケースが置かれている。ふたにはしっかりと錠がかけられており、特別なものだとひと目でわかる。

店長は胸ポケットから小さな鍵を取り出し、ケースを開けた。そして右側のメガネを天王寺に、左側のものを透也に渡した。

それは、なんの変哲もないオーソドックスな黒縁メガネに見えた。サイドに厚みがあり、耳にかけるモダンまでテンプルがまっすぐに伸びている。が、とくに凝った飾りがあるわけではない。

天王寺は指でテンプルをつまみ、角度を変えながらフレームに目を凝らす。

「お兄ちゃん、これどんなメガネ？」

「アセテート素材の、普通のプラスチックにしか見えないが……」

テンプルを閉じたり開いたり、弾力を確かめたり、レンズを透かしてみたりしているが、さすがの天王寺にもこのメガネの仕組みはわからないようだ。

「あなたには、この色がなにに見えますか？」

店長が志乃に尋ねた。

「黒……です」

「黒だよな？」と天王寺と透也も顔を見あわせる。

「いや、それが一般的な見え方なんです。ただ、ごくまれに、四番目の光の要素――紫外線の領域まで認識できる目をもつ人がいるもので」

「え!?　ほんとに!?」

もう一度ケースに置かれているメガネをのぞきこんでみたが、やはり黒にしか見えない。

「百聞は一見にしかず、ですね」

店長は三人を展示会場の中に押しやり、にっこり笑って入り口のカーテンを閉めた。

畳六枚ほどの広さの部屋が、真っ暗な闇に覆われる。

「なんだろう、映画でも始まるのかな。もしかしてこれ、3Ｄメガネだったりして」

知ったふうに志乃が言うと、天王寺があっさり反論した。

「いや、偏光フィルターは貼られていないようだ」

「わかった！　プロジェクションマッピングってやつじゃない？」

「それならメガネは必要ないだろ」

透也の推理も却下された。

狭い空間で、三人はひそひそと意見を交わしながら体を寄せ合う。

「それではご覧ください。光の奇跡を」

カーテンの向こう側から店長の声が聞こえ、天井に固定されたライトが光を放った。すると、それまで真っ暗だった部屋の壁一面に、まばゆい光がばらまかれた。

青、黄緑、紫にオレンジ――淡い色のビーズを散りばめたような、カクテルライトの大洪水。天王寺の着ているコートも透也のマフラーも、カラフルに染まっている。

しばらくすると光が消え、あたりがふたたび暗闇に包まれた。部屋の奥に、ぼんやりと青白くメガネのシルエットが浮かんでくる。

足もとに気をつけながら近寄ると、テーブルに置かれたメガネのフレームが淡い光を放っているのがわかった。

「――そうか。上にあるのはブラックライトか」

「ブラックライト？」

「可視光線より短い波長の光、紫外線を放射する装置だ」

そういえば、以前こんな仕掛けを見たことがある。

レジャー施設で再入場の印として手の甲に押されるスタンプ。太陽の下では無色透明に見えるのに、特殊なライトを当てると青白く光る絵が浮かびあがった。

パスポートやお札にも、偽造防止のため、ブラックライトで光る特殊インクが使われているらしい。郵便物にも、自然光では見えないバーコードがプリントされているそうだ。

「見て！」

透也が持っていたメガネを高く掲げる。さっきまではただの真っ黒なプラスチックだったのに、ふたりの手にあるメガネもまた、青白く発光していた。

天王寺も透也も、そして志乃も、まるで魔法を見ているかのように頭上のメガネを見つめた。テンプルの内側に、アルファベットのきらめく文字が浮かびあがっている。

天王寺はメガネに書かれた英文を読みあげた。

「Go your own way. Where there's a will, there's a way.」

「どういう意味？」

「自分の道を行け。意志あるところに道は拓《ひら》ける」

天王寺はそう言うと、手の中で光るメガネの文字に、じっと目を凝らした。

透也もまた、キツネにつままれたような顔をしながら、フレームに見入っていた。

「僕のには、こう書いてある。Don't be afraid. We will love you no matter what happens.

——私たちは、なにがあってもあなたを愛し続けます……病院のベッドで、お母さんが最期に僕に言ってくれたんだ〝私になにがあってもあなたをずっと愛してるわ〟って。どうしよう。僕……」

ふたりとも、淡い光の中で、声もなくうつむいている。小さく鼻をすする音がときどき聞こえてくるけれど、それが自分のものなのか、天王寺や透也のものなのか、それとも三人とも泣いているのか、志乃には判断できなかった。

〝クリスマスに贈る、家族のためのスペシャルな展示会〟

新作発表会には、そんなタイトルがつけられていた。

志乃にも、もうわかっていた。

その言葉が、ふたりにとってどれほど重要な意味を持つのか。

それが、誰によってもたらされたメッセージなのかを。


ブラックライトが消え、厚いカーテンが開かれた。店舗の明るい照明の光が飛びこんできて、一瞬目がくらむ。

夢のような出来事だった。時間にすれば、ほんの数分だったと思う。

天王寺も透也も言葉を発することなく、まだ手もとのメガネを見続けていた。

「おかえり」

店長が、にこやかに声をかけてきた。

「ただいま」

天王寺と透也は、店長の肩に頭をのせる。

すると店長は、子供をあやすように、ポンポンとふたりの頭をやわらかく撫でた。

特別な展示会を経験したあと、店長は、さらに上の階にある、天王堂の執務フロアへと案内してくれた。

そこには製図道具の置かれたデザイナーのための部屋や、Ｇｒａｎｚの工房のように特殊な機械のある製作スペースがあった。

いちばん奥にある部屋の頑丈そうな木の扉には『社長室』と書かれたプレートが掲げられている。

店長が扉をノックすると、「どうぞ」と低くて張りのある声が返ってきた。

——ちょっと待って！　ここは私が入っていい部屋じゃない！

志乃は隠れるように壁に身を寄せた。すると、隣にいた天王寺が、志乃の腕をつかんで近くに引き寄せた。

「……頼むから、ついてきてくれないか」

いつもとは違う、気弱な声だった。

ああ、そうか。部屋の奥にいるのは彼の父親なのだ。

〝眼鏡業界のウルフ〟と呼ばれているやり手の経営者は、天王寺の義兄を困難に陥れ、姉の命を縮める原因になったかもしれない人物だ。

後継者として育てられた天王寺は、敷かれたレールを降り、自分の好きな道を進むことを決めた。いまでもまだ、心の奥に消化できない葛藤《かっとう》があるのかもしれない。

ドアを開けると、ヴィクトリアン・アンティークの濃い飴色をした執務机の向こうに、鋭いまなざしをもつオールバックの初老の男性が座っていた。

ホワイトゴールドとべっ甲の、最高級メガネ。天王寺真人——天王堂の取締役社長だ。

「そちらは？」

値踏みするような視線を向けられ、志乃はすくみあがる。すると、隣に立っていた店長が、「うちの店にときどき遊びに来る、小鳥さんです」と志乃を紹介した。

——あああ！　ここで小鳥扱いする⁉

駅の人込みで過呼吸を起こすほどの対人恐怖症なのに、店長、こういう場面では心臓が強いのだな。

さすが、専属デザイナーにという依頼を蹴ってドイツに飛んだり、敵の娘と駆け落ちまがいの結婚をしたりするだけある。

「どうぞよろしく、小鳥さん」

喰《く》われる！　と思ったが、〝眼鏡業界のウルフ〟はとても紳士で、小鳥のような小娘にも丁寧に応対してくれた。

ソファに座るよう勧められ、一同は腰を下ろす。

一人掛けソファの片方に天王堂の社長が座り、その隣に透也が、三人掛けのほうには店長をまんなかにして、天王寺と志乃が腰掛けた。

志乃は、あたりに視線をめぐらせる。

壁にはたくさんの認定証や表彰状が飾られていた。その下にある執務机と同じ色の書棚には、フレームに入った写真が並んでいる。

社員全員で写したらしき集合写真。

海外のどこかのゴルフ場で撮ったのであろう、サングラスをかけた社長と奥さま。

はにかんだようにメガネのサイドに手を当てる、制服姿の天王寺。

大きなサングラスをかけて、背伸びをしている小さな透也。

いかめしい顔の、作業服を着た老人。

そして、やさしい顔をした、若い女性の姿。

写真の中には、いまよりもだいぶ若い姿の店長もいた。艶やかな長い黒髪をひとつに束ね、茶色いニットのカーディガンを羽織っている。

「さて、役者もそろったことだし、本契約といきましょう」

社長がそう言うと、隣に続く部屋から、秘書らしきスーツの男性があらわれた。漆塗りの四角い盆の上に、たくさんの書類が重ねてある。

「ちょっと待て！　どういうことだ！」

天王寺は立ちあがり、向かい側に座っている自分の父親をにらんだ。

すると隣にいた店長が、腕を伸ばして天王寺を止めた。

「大丈夫です。ずっと前から決めていたことですから。天王堂と協力して、妻と一緒に作りあげたデザインを、世に送り出していくことにしたのです。特別な色に満ちている世界を、もっといろんな人に見てもらいたくて」

「でも、店長は親父のもとを飛び出したんだろう？　量産品を作らされるのが嫌で、天王堂に背を向けた。そして親父は、店長が日本で仕事ができないよう、裏から手を回した」

天王寺は店長や父親の言葉に納得していないようだった。

もちろん志乃もそうだ。天王寺や透也から、天王堂が店長にしてきたさまざまな仕打ちのことを聞いている。

すると〝眼鏡界のウルフ〟は、声をあげて豪快に笑った。そして「その件については、とっくに謝罪済みだ」と、天王寺と透也に向けて力強く言った。

「私はね、嫉妬していたんだよ、三条さんや瞳子の才能に。でも我々の技術が追いつけばいいと気がついた。だから三条さんが、外の世界にこようとしたとき、全面的にバックアップすることにした。それまでには、我々も技術開発を進めなければならない。そしていま、ようやく、すべての条件がそろった」

やっと自分の夢をつかんだとでもいうように、社長はこぶしを力強く握りしめた。

「三条さん、お待たせしてしまって、申し訳ありませんでした」

「いや、こちらこそ、長い道のりでした」

ウルフと店長は、なごやかに談笑している。

「――瞳子が亡くなって、もう五年か。三条さんにとって瞳子が大切な妻だったように、私にとってもかけがえのない娘だった。もう少し早く、ふたりを許してやっていればと、何度後悔したことか」

天王寺もようやく冷静さを取り戻し、ふたたびソファに腰掛ける。秘書の男性は、いつのまにか部屋の外に出ていっていた。

「さっき、ブラックライトの展示室を見ただろう？　おまえは知らなかったと思うが、三条さんも瞳子も、可視光線以外の光の色がわかる四色型色覚の持ち主だ。つまり普通の人には見えない紫外線の領域まで、ふたりは感知できる」

「まさか」

にわかには信じられない話だと、天王寺は隣にいる店長に視線で問う。

すると店長は、「隠していたわけではないんですけど、どう説明したらいいかわからなくて」と困ったように笑った。

ああ、それで店長は、展示室に入る前に、志乃にフレームの色の見え方を聞いたのだ。四番目の色素が見える者が、自分のほかにいるのかどうかを知るために。

「四色型色覚ならではのメガネを、妻とふたりで作ってきました。ちょっとしたトリックが仕掛けてあるメガネ、というコンセプトでね。まあ一般受けはしませんでしたが。でも、少なからず作品を理解してくれる人もいました。一矢くんのお父さんもそのひとりです」

娘夫婦の才能が、稀有《けう》なものであるということを、社長は最初から知っていた。

そして、その才能を世に知らしめる舞台をつくるため、陰でずっと準備をしてきた。

クリスマスイブの今日、ようやくみんなの夢が叶ったのだ。

そのあと天王堂社長とＧｒａｎｚ店長は、共同開発したメガネを世に送り出す契約を交わした。

署名、押印をし、握手をしたあと、その場にいた全員が脱力してソファに背をあずけた。

「いやあ、助かった。三条さんから言われた条件のひとつが、一矢と透也が無事にここまでたどり着くことだったからな」

天王堂の社長の言葉を聞いて、「そんな回りくどいことをせずに、最初から言えよ」と天王寺が店長をにらむ。

「ちょっとした賭けだったんです。一矢くんがお父さんと向き合えるかどうか。透也が人目なんか気にしないで、自分の感情を出せるかどうかかっていうね」

店長の出した条件はふたつ。あの特別なメガネを、一般の人も受け入れられるような形で商品化すること。そして、問題をクリアできたふたりに、瞳子の伝言を届けるということだった。

「亡くなった妻が、そろそろ前を向きなさいって言っているような気がしたんです」

店長が、なにかを懐かしむように、そっと目を閉じた。

「一矢くんに手伝ってもらって『Ｇｒａｎｚ』を始めたけれど、私は不甲斐《ふがい》なくも外に出ることさえできませんでした。店の二階からお客さんの姿を眺めたり、訪れたお客さんに奥でお茶を淹れたりするのが精一杯でした。けれど、ここにいる小鳥さんが、私を見つけてくれた。隅っこにいた自分に、光を当ててくれたんです」

志乃は静かに首を振った。

店に姿をあらわすことはなかったけれど、店長は訪れる客に、心まであたたまるおいしいお茶を淹れてくれた。人生の岐路に立つ者に言葉をかけてくれた。

それは多分、眼鏡店Ｇｒａｎｚに足を踏み入れた誰もが気づいていたことだと思う。

「じゃあ、そういうことで、末永くおつきあいよろしくお願いします。それと一矢。話があるから、おまえはちょっと残れ」

最後にかけられた社長の言葉で、志乃の中に不安がめばえる。

店長が外に出る勇気をもったいま、天王寺のサポートは不要になった。いい加減、家に戻れと言われるのかもしれない。

不安そうに顔をのぞきこむ志乃に向かって、天王寺はやさしく笑いかけた。

「自分の道は、自分で決める。いままでもそうだったし、これからだってそうだ」

天王寺自身が決めたことなら、自分はなにも言うまい。店長のそばには透也がいる。志乃だって、ときどき手伝うことくらいならできる。

あの店をはじめて訪ねたとき、志乃は未来に希望が見えなくて、ただなんとなく日々を過ごしていた。想像の中でしか、やりたいことができなかった。

けれど、いろんな人と出会い、それまで見えなかった相手の内側や言葉の真意がわかるようになった。そして、自分自身にも少しずつ自信がもてるようになった。

目に見えるものがすべてではない。幸せというのは些細な気づきなのだ。

素敵なものと出会うこと。

誰かを好きになり、好きになってもらうこと。

ほかの誰かに、「大丈夫だよ」と背中を押してもらうこと。

世界は苦しいことでいっぱいだけれど、それに打ち勝つ力を人は持っている。

だから大丈夫。たとえ目には見えなくても、未来への道はずっと続いている。

◇

慌ただしく年末年始を過ごし、志乃はふたたびGranzに遊びに来ていた。

店長のメガネフレームは、九月の新作発表の時期に合わせて、天王堂グループの新ブランドとして正式にデビューすることになったらしい。いくつかのプロトタイプも披露され、業界では早くも話題になっているそうだ。

販売元である天王堂にはデザイナーへの取材申し込みが殺到しているようだが、もちろん三条はすべて断っている。

対人恐怖症克服のため常連相手に接客練習をしているが、初対面の人の前ではやはりすくみあがってしまうらしい。

「いい名前が浮かばないんですよねえ」

ラウンジのテーブルにティーカップを並べながら、店長はうーんと首をひねった。メガネのラインナップは決まっているが、肝心のブランド名がまだらしい。

今日は、以前ここでメガネを購入した磯部貴子と美貴の母娘が店を訪ねてきていた。そして美貴の彼氏である鮫嶋も。

貴子は最初、ミーハー気分で天王寺の追っかけをしていたが、いまはすっかりこの店自体の虜だ。そして娘の美貴は、反発していた母親と和解し、彼氏もできて充実した生活を送っている。

「『3J《さんジュール》』でいいんじゃない？　100Jの姉妹ブランドだってわかりやすいし」

バタフライ型メガネをかけた貴子が、小指を立ててティーカップを持ちながら言った。

天王寺で『100J《100 J》』なら、三条で『3J』というわけだ。そういえば、この店に置かれているフレームには、デザイナーである店長のサインとして、小さく『3J』と刻印されている。

「でも、なんだかおまけみたいじゃない？」

「そうねえ。百と三では、数で負けてるしねえ」

「姉妹ブランドといっても、ここの店長のデザインは、ほかとは全然違うんだから」

貴子と美貴は、頭を突き合わせながら、ああでもないこうでもないと知恵を絞る。

今日の美貴は、リメイクしてもらったパール色のメガネをかけている。以前、激高した貴子が壊してしまったのを、天王寺と店長が見事によみがえらせたあのメガネだ。

「お店と同じ『Granz』でいいんじゃないですか？」

そう言ったのは鮫嶋だ。

メガネをかけないと挙動不審になってしまう大柄の彼は、この店のメガネで自信をつけ、そして恋までも実らせた。

鮫嶋の隣に座っている美貴が、「そもそも〝Ｇｒａｎｚ〟ってどういう意味ですか？」と店長に問う。

「ドイツ語で〝輝き〟という意味ですよ」

「輝き！　素敵ですね。そういえば、この店も光でいっぱいですもんね。メガネのフレームだけじゃなく、ステンドグラスや天井の明かり採りからも光が入って、あちこちがキラキラしている」

その言葉を聞いて、店長はにっこりとほほ笑んだ。

「そもそも、透明に見える光にも、実は色がついていましてね――」

和気あいあいとしたラウンジを背に、志乃は棚に並べられた新作メガネをペン型のブラックライトで照らす作業に没頭していた。

「すごいよ、あちこちに絵が隠されている」

「ふうん」

カウンターの向こう側でメガネを拭いている天王寺は、ラウンジの様子にも志乃の行動にも、さほど興味を示していないようだった。

新作が店頭に並ぶと聞かされていた志乃は、この日が来るのをずっと待ちわびていた。

新しいフレームの仕掛けがどんなふうになっているのか、ものすごく興味があったのだ。

「私のメガネにも、じつはメッセージが隠されていたんだよね。しかも文字じゃなくて動物モチーフ。幸せの青い鳥よ、すごいでしょう」

あのクリスマスの日、家に帰った志乃は、そういえば自分のかけているメガネも店長の作品だったと、試しにブラックライトを当ててみた。

するとどうだろう。テンプルの編み細工が、飛んでいる鳥の形に青白く光るではないか。

店長が志乃に向かって「小鳥さん」と呼びかけていた理由が、ようやくわかった。

志乃を小鳥に例えていたのではない。テンプルの細工の中に潜んでいる鳥に話しかけていたのだ。

「俺は知ってたぞ。展示会でブラックライトに当てられたとき、おまえのメガネも光ってたからな」

「だったら教えてよ！」

あたりまえだが、自分がかけているメガネは自分では見えない。志乃が見たのは天王寺と透也が持っていたメガネだけで、まさか自分のものにも仕掛けが施されているとは思わなかったのだ。

——天王堂本店からの帰り道に、店長と交わした会話を思い出す。

「志乃さんがいまかけているメガネは、本当は誰にも売るつもりはありませんでした。妻と一緒に作った最後の作品なので、ずっと手もとに残しておきたかったんです。でも、なんの気なしに店に出してみたら、あなたが見つけてくれた」

値札のないメガネフレーム。そこには、店長の切ない思いが込められていた。

「すみません、私なんかが買ってしまって」

「いえ、そのメガネがあなたのもとに行きたいと願ったんですよ。そして私も、メガネというのは大事に飾られているより、人に使われてこそ輝くものだと気づかされました」

幸せは、見えなくてもすぐそばにある。感じようと思えば、その存在を確かめることができる。それがわかったからこそ、手放しても大丈夫だと店長は心を決めたのだそうだ。

カウンターにいる天王寺が、ちらりと視線をラウンジに向けた。

「ちなみに、あの母娘、それから娘の彼氏のメガネにも四色型色覚の持ち主にしか見えない特殊な加工がされている」

「ほんと？」

「メンテナンスのとき、ブラックライトで確認したからな」

どうやら迷える仔羊たちは、見えない光に導かれて、自分にふさわしいメガネを無意識に選んでいたらしい。志乃が、ひと目で金糸のフレームに惹かれたように。五種類の色も形も違うメガネの中から、同じものを選んだ美貴と鮫嶋のように。

三人とも、自分のメガネに特殊な加工がされていると知ってるのだろうか。

教えてあげたい。というか、いますぐブラックライトを当ててこの目で確かめたい。

でも、自分自身で見つけてほしい気もする。

もしかしたら店長も、二階から客のやりとりを眺めながら、こんなふうにじれったい気持ちになっていたのだろうか。

カウンターの前に置かれた椅子に座ると、天王寺がじっと志乃の顔を見つめた。

「ちょっと中心がずれてるな。調節しとくか」

「サンキュー」

かけていたメガネをはずして天王寺に渡す。天王寺はカウンター脇に置かれた調整用のヒーターであたためながら、モダンの角度を調整する。

「不思議だね。普通の人には見えない色が見えるなんて」

「そうだな」

天王寺は直したメガネを志乃にかけさせ、できあがりを確認した。

「もしかして、天王寺も四色型色覚の持ち主？」

「いや、俺は普通。四色型色覚なんて滅多にいねえよ。それに、どちらかというと女性に多いんだ。男性は稀少。アメリカでオプトメトリーの大学に通っていたときも、特殊な事例として話が出るだけだった。だから俺は、この眼鏡店で働き続けることに決めた。貴重なデータを得るチャンスだからな」

店長は、研究対象としてオイシイ存在であるらしい。

——地方の小さな眼鏡店で働き続けるか、それとも大企業の天王堂を継ぐか。あの日、天王寺は、父親からどちらか選択するように言われた。

「敷かれたレールの上を走らなくてもいい。好きな道を行け。自分はまだまだ現役を退く気はないから安心しろ」

そんなふうに決意を委ねられ、天王寺は眼鏡店Ｇｒａｎｚで客と向き合いながら腕を磨くことを決めた。

「透也くんはどうかな。遺伝的にはありじゃない？」

「さあな。透也もブラックライトで見たときに、はじめてメガネのメッセージに気づいたらしいし」

そうか。両親が特別な目をもつからといって、子供にも受け継がれるとは限らないのだ。

「でも、普通の視覚をもっているという確証もない。だいたい、普通ってなんだ？　外見の特徴は第三者からでもわかるけれど、どう感じているかなんて他人にわかるわけがないだろう？　俺にもおまえにも、もしかしたらほかの人とは違うものが見えてるかもしれない。以前、人によって色の見え方が違うドレスが話題になっただろ。青と黒に見えたり、白と金に見えたりするっていうやつ」

「あー！　それ、会社でも意見がまっぷたつになった！」

インターネットで見た、太い横縞のドレス。志乃には白と金に見えたのだが、課長は青と黒だと言い張った。事務所の全員が、その現象を不思議がった。

もっと不可解なことに、あれだけ白と金にしか見えなかったドレスが、しばらく経つと志乃にも青と黒にしか見えなくなったのだ。他人と見え方が違うのならともかく、自分自身の色覚が突然変わったのには驚いた。

「それだけ人の知覚というのは未知数だということだ。でも、なにか問題があるか？　信号の色が区別できないのは困るが、色の濃淡や彩度なんて日常生活ではさほど重要ではないだろう？」

「まあね。イヌもネコも人とは違う視覚をもってるけど、普通に地球上で生きてるしね」

「いきなり話がグローバルだな」

今日のドリンクは、店長特製ラテアート。数日前にエスプレッソマシーンを購入し、クマだのネコだのの絵を描くことにはまっているらしい。志乃のカップには、耳の垂れたワンコが描かれている。

「そういえば天王寺、銀座のパンケーキ、いつ奢《おご》ってくれるの？」

「あれはクリスマスプレゼントのつもりで言ったんだ。次のクリスマスまで待ってろ」

「わあい」

そのとき、店のドアをチリンと鳴らして透也が顔を出した。

「ただいまー。今日もにぎやかだね」

あいかわらずぴょこんと一カ所だけ髪の毛が跳ねている。それに気がついた貴子が、「あらまあ」と手櫛で直してあげた。

「やめてよ、子供じゃないんだから」

ぷんすかと口をとがらせてはいるが、本気で嫌がってはいないようだ。透也は店長や天王寺と違って、そうとう守備範囲が広いらしい。

「そういえば、表の看板、メッセージを変えたんだね。『Sunshine, moonlight, even the light of your room. I will always be there.』これって誰の言葉？」

透也が尋ねると、ラウンジにいた店長が、志乃を見て〝しいっ〟と人さし指を立てた。

志乃はメガネのレンズを指で挟み、ＯＫのサインのつもりで上下に揺らす。

瞳子さんからのメッセージは、もちろん店長本人にも残されていた。

特別な展示場の前に置かれていたケースのまんなかのメガネ。そこに書かれた言葉を、あの日志乃は、店長からこっそり教えてもらっていた。

〝私はいつもそこにいるよ。日の光、月明かり、部屋の明かりの中でさえも〟

おわり

あとがき

メガネ男子が大好きです。

メガネのイケメンとすれ違えば振り返り、ドラマやマンガの推しメンは基本メガネくん。高校のときにいちばん好きだった先生はメガネに白衣の化学教師でした。

どんな男性でもメガネをかければ三割増し。ゲレンデマジックならぬメガネマジック。

世の男性はコンタクトの上に伊達メガネをかければいいのに。

そんなふうに思うほど、わりと重度なメガネフェチであります。

無理なく、ふんだんにメガネ男子を登場させるにはどうしたらいいか。

これは、眼鏡店を舞台にした話を書くしかあるまい。

店員は美形のメガネ男子。仕事や人間関係で疲れた客を美味しいお茶で癒してくれる、カフェみたいな眼鏡屋さん。

天井裏から若者の群像劇を眺めていたい。登場人物（男子）は全員メガネ着用。

そんな願望をまる出しにして書いたのが、今回の作品です。

「小説家になろう」で開催された『お仕事小説コン』で優秀賞をいただき、書籍化できるとは思ってもみませんでしたが、書いているあいだ、とても幸せでした……！

メガネ男子は好きだけれど、メガネに関する知識はほとんどなかったので、たくさん資料を読みました。あらたにメガネもつくり、地元の眼鏡店に取材もさせていただきました。

そして、いままで以上に、メガネが好きになりました！

眼鏡店って入店するのにけっこう勇気がいりますが、気軽に調整などしてくれるので、これをきっかけに、もっと身近に感じてもらえたらなと思います（そして、メガネ男子人口が増えればと！）。


物語にキラキラ感を出すために、光に関することをたくさん散りばめてみました。

ステンドグラスとか、ＵＶレジンとか、最終話の仕掛けとか。

店長の名字も、光にちなんでつけてみました（光は、一条、一条……と数えますよね）。

身近すぎて気づかないけれど、キラキラしたものはそこかしこに落ちています。

このお話が、読んでくださった皆さんの、心を癒す光となりますように。

相戸結衣

この物語はフィクションです。
実在の人物、団体等とは一切関係がありません。
刊行にあたり『お仕事小説コン』優秀賞受賞作品、
『妄想眼鏡店』を改題、加筆修正しました。

■参考文献
『眼鏡の本』（徳間書店）
『人生が変わるメガネ選び』梶田雅義（幻冬舎）
『めがねを買いに』藤裕美（WAVE出版）
『眼鏡医学』赤木五郎（メディカル葵出版）
『眼鏡の歴史』大坪元治（日本眼鏡卸組合連合会）

■取材協力
メガネの相沢本店

相戸結衣先生へのファンレターの宛先

〒101-0003　東京都千代田区一ツ橋2-6-3　一ツ橋ビル2F
マイナビ出版　ファン文庫編集部
「相戸結衣先生」係

Fan ファン文庫

路地裏わがまま眼鏡店
～メガネ男子のおもてなし～

2016年4月20日　初版第1刷発行

著　者　　相戸結衣
発行者　　滝口直樹
編　集　　水野亜里沙(株式会社マイナビ出版)　佐野恵(有限会社マイストリート)
発行所　　株式会社マイナビ出版
〒101-0003　東京都千代田区一ツ橋2丁目6番3号　一ツ橋ビル2F
TEL 0480-38-6872（注文専用ダイヤル）
TEL 03-3556-2731（販売部）
TEL 03-3556-2733（編集部）
URL　http://book.mynavi.jp/

イラスト　　げみ
装　幀　　釜ケ谷瑞希＋ベイブリッジ・スタジオ
フォーマット　ベイブリッジ・スタジオ
DTP　　株式会社エストール
印刷・製本　図書印刷株式会社

 ISBN978-4-8399-5820-6
Printed in Japan

Fan
ファン文庫

質屋からすのワケアリ帳簿　上

~大切なもの、引き取ります。~

著者／南潔
イラスト／冬臣

持ち込まれる物はいわく付き？
物に宿った記憶を探る――

「質屋からす」に持ち込まれる物はいわく付き？
金目の物より客の大切なものが欲しいという妖しい店主・烏島の秘密とは…？　ダーク系ミステリー。

Fan
ファン文庫

質屋からすのワケアリ帳簿　下

～大切なもの、引き取ります。～

著者／南潔
イラスト／冬臣

――その過去、買い取ります。
ダークミステリー完結編！

他人の不幸や欲望にまみれたワケアリ品を好む店主・烏島に“買い取られ”た千里。「七柱の伝説」を追って向かった神社で視た光景は…。

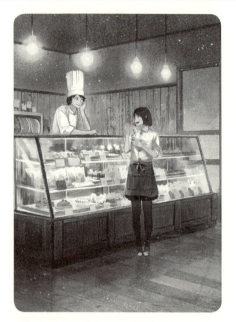